좀마삭에 대한 참회

좀마삭에 대한 참회

펴 낸 날   2020년 6월 29일

지 은 이   권효진
펴 낸 이   이기성
편집팀장   이윤숙
기획편집   정은지, 윤가영
표지디자인 이윤숙
책임마케팅 강보현, 류상만
펴 낸 곳   도서출판 생각나눔
출판등록   제 2018-000288호
주   소   서울 마포구 잔다리로7안길 22, 태성빌딩 3층
전   화   02-325-5100
팩   스   02-325-5101
홈페이지   www.생각나눔.kr
이 메 일   bookmain@think-book.com

• 책값은 표지 뒷면에 표기되어 있습니다.
  ISBN 979-11-7048-105-8(03810)
• 이 도서의 국립중앙도서관 출판 시 도서목록(CIP)은 서지정보유통지원시스템 홈페이지
  (http://seoji.nl.go.kr)와 국가자료공동목록시스템(http://www.nl.go.kr/kolisnet)에서
  이용하실 수 있습니다(CIP제어번호: CIP2020024849).

※ 이 책은 충북문화재단의 창작 지원금으로 발간되었습니다.

좀마삭에 대한 참회

권효진 소설집

생각나눔

한낮의 켄터키블루그래스

_ 꽃대가 길게 자란 서양민들레를 뿌리째 뽑아내자 공벌레 한 마리가 기어 나왔다. 녀석은 짙은 팥죽색을 띠고 있었지만 팥알보다는 조금 더 굵고 통통했다. 나는 공벌레가 두려움 때문에 몸을 둥글게 말거라고 생각했다. 하지만 녀석은 내 예상과는 달리 쏜살같이 기어갔다. 새끼손톱만한 벌레가 기어가는 것을 보고 '쏜살같다'고 하는 것은 좀 우습지만 그만큼 재빠르게 기어갔다는 얘기다. 녀석은 지금까지 본 공벌레 중에 가장 빠르고 날랜 놈이었다. 어디로 가는 것일까? 제 딴에는 있는 힘을 다해 기어가는 것일 테지만 놈은 곧 한 뼘도 못 되는 거리에 나 있는 틈 속으로 기어들어 갔다. 거기에는 망초가 올라와 있었다. 작고 하얀 꽃을 피운 망초의 줄기는 연초록빛으로 살이 올랐고 이제 막 돋아난 여린 잎들은 연둣빛 아기 손톱 같았다. 하지만 민들레를 뽑았던 것처럼 망초도 뽑아내지 않으면 안 되었다. 나는 아까보다 더 세게 힘을 주어 망초줄기를 잡아당겼다. 생각보다 쉽게 뽑혔다. 망초 뿌리 끝에 매달려 있던 공벌레

한 마리가 잔디위로 떨어졌다. 공벌레가 모두 비슷비슷하게 생겨서 좀 전에 보았던 그 공벌레가 틀림없다고 확신할 수는 없지만 나는 망초 뿌리에 매달려 있다가 잔디밭 위로 떨어진 공벌레가 조금 전 구멍 속으로 들어간 그 녀석이 맞을 거라고 생각했다. 내가 또 다른 망초 줄기를 잡으려 할 때 땅속에서 공벌레 수십 마리가 한꺼번에 기어 나왔다. 그들은 밖으로 나오자마자 뿔뿔이 흩어졌다. 저마다 재빠르게 기어갔고 어디론가 숨어들었다. 아까 그 공벌레가 그랬던 것처럼 어디가 안전한 곳인지도 모른 채 무작정 숨어드는 것 같았다. 만약 공벌레에게 두 쌍의 더듬이가 온전하게 있었다면 어땠을까? 한 쌍의 더듬이가 퇴화하지 않고 그대로 있었다면 공벌레들은 지금 어디로 가는 것이 가장 좋은지 알 수 있을 텐데.

땅속에서 편안하게 쉬고 있는 벌레들을 흔들어 깨운 게 미안했지만 어쩔 수 없었다. 나는 온종일 잔디밭에 뿌리내린 풀들을 뽑아내고 잔디를 깎아야만 했다. 제발 풀을 다 뽑을 동안만이라도 잔디밭에 사는 공벌레와 지렁이, 개미들이 어디로든 멀리 가버렸으면 좋겠다. 뽑아내야 할 풀들이 아주 없는 곳으로 가주었으면 좋겠다. 내가 풀을 뽑을 때마다 녀석들은 난데없이 천지가 진동하고 세상이 무너지는 것 같겠지. 더군다나 한동안 아무 일 없이 고요하기만 하다가 갑자기 잔디밭을 들쑤셔 대서 더욱 정신을 차릴 수 없을 것이다. 적당한 습기와 아늑한 어둠 속에서 모든 것이 평안했던 그들의 일상을 무너뜨리는 것은 아무래도 미안한 일이었다. 나는 공벌레들이 풀을 뽑아야만 하는 나를 탓하지 말고 한 쌍의 더듬이를 잃어버린 종족들의 진화를 탓하기를 바랐다. 공벌레들에게서 눈길을 거두고 일어나 기지개를 켰다. 멀리 낮은 산등성이에 구름 몇 조각이 흩어져 있었지만 비를 내릴 구름은 아니었다. 구름 사이로 새어나오는 흐릿한 빛이 마을의 아침을 밝히고 있었다.

생각보다 너무 오래 집을 비웠다. 은수의 전화를 받고 집을 나설 때까지만 해도 그렇게 오래 집을 비울 생각은 없었다. 이제 막 세상에 나온 은수의 아기가 너무나 보고 싶었던 나는 설렘과 기대로 들떠 무작정 옷가지를 챙겼을 뿐이었다. Y시에 내려가 은수를 만났을 때만 해도 나는 하루나 이틀 정도 그곳에 머물지 않을까 생각했다.

"신기하다……."

"그치? 내가 한 일이지만 나도 믿기지가 않아. 정말 신기한 거 있지?"

은수의 몸에서 태어난, 아주 작은 인형 같은 것이 고물거리며 숨쉬고 있다는 사실이 믿기지 않았다. 그저 신기하고 놀라울 따름이어서 무슨 말을 해야 할지도 몰랐다. 이 세상 어디에도 존재하지 않았던 한 생명이 문득 지상에 모습을 드러낸다는 것은 경이로운 일이었다. 나는 그런 놀라운 일을 해낸 은수가 위대해 보인 나머지 은수가 그동안 내가 알던 친구가 아닌 것처럼 느껴지기까지 했다. 은수 자신도 아직 믿기지 않는지 아기에게서 눈을 떼지 못했다. 은수의 손을 꼭 잡아주는데 눈물이 났다. 간호사가 아기를 데려가 눕힌 뒤에도 은수와 나는 한참 동안 신생아실 유리벽에 코를 붙이고 서 있다가 입원실로 돌아왔다.

2인용 입원실은 조용했다. 맞은편 침대를 쓰던 산모가 온열치료를 받으러 나가자마자 은수는 환자복을 들추며 등을 긁어달라고 했다. 머리카락이 들어 있는 것 같다고 했지만 나는 그게 아닐 거라고 짐작했다. 대학 시절 은수의 자취방에 놀러가서 같이 잘 때도 그녀는 곧잘 등을 긁어달라고 했다. 이상하게도 어릴 때부터 졸음이 몰려올 때마다 등이 가려웠는데 그때마다 엄마가 등을 쓸어주었다고 했다. 그 말을 들으면서 나는 은수에게 엄마 생각이 날 때마다 등이 가려운 것은 아니냐고 물었다. 그때 은수는 글쎄… 그러고는 별 말이 없었다. 그에 대한 대답은 그로부터 십여 년이 더 지난 뒤에야 듣게 되었다. 재작년 은수 엄마가 폐암으로 돌아가신 뒤부터 은수는 어릴 때보다 더 자주 등이 가렵다고 했다. 은수는 내가 오기 전에도 수없이 등이 가려웠을 것이다. 배가 불러오고 입덧을 할 때도 그랬을 테고 진통을 시작할 때는 더욱 그랬을 것이다. 나는 아무 말 없이 은수의 등을 쓸어주었다. 짐작대로 머리카락 같은 것은 없었다. 우리는 나란히 침대 위에 앉아 벽에 등을 기댄 채 텔레비전을 보았다. 사물함 위에 놓인 꽃다발과 꽃바구니에서 나는 향기가 코끝에 와닿는가 싶을 때 나른하게 눈이 감겼다. 나는 그대로 눈을 감은 채 몽롱한 기분에 빠져 있다가 잠깐 졸았던 것도 같은데 은수가 갑자기 벌떡 몸을 일으키는 바람에 눈을 떴다. 텔레비전에서는 지방의 대형 산후조리원에서 감염사고가 발생했다는 뉴스가 보도되고 있었다.

"퇴원하는 날 들어가기로 한 조리원이야."

은수가 다급하게 예약한 산후조리원에 전화해 봤지만 통화가 연결되지 않았다. 열 번도 더 넘게 전화를 걸어 본 뒤에야 조리원이 잠정적으로 폐쇄됐다는 사실을 확인했다. 은수와 나는 곧바로 인근의 다른 산후조리원을 알아봤지만 벌써 예약이 모두 끝났다고 했다. 막막했다. 은수의 시어머니는 뉴욕에 머물고 있는 중이었다. 두 달 전에 손아래 시누이의 산바라지를 해주러 가서 언제 온다는 소식조차 없다고 했다.

"아무리 산후조리 하라고 돈을 챙겨 주셨다지만 두 달 동안 계시는 건 너무 하시는 거 아니니? 친손자도 태어나는데 한 달만 계시다가 오시지."

"그러게… 그래도 어떡하겠니? 친척 하나 없는 남의 나라에서 아기 낳는다는데 안 가볼 수도 없고. 비행기 표 비싸서 자주 왔다 갔다 할 수도 없다시는데……."

"그럼, 너는?"

은수는 그대로 침대에 엎드려 울음을 터트려 버렸다. 나는 은수의 등을 어루만져 주다가 슬며시 병실을 나왔다. 실컷 울도록 내버려 두는 게 나을 것 같았다. 나는 복도 벽에 기대선 채로 도우미센터의 번호를 검색해서 전화를 걸었다. 산모의 집으로 와서 몸조리를 도와주는 도우미를 알아봤지만 그마저도 대기자가 많다고 했다. 가사도우미는 당장이라도 연결해 줄 수 있지만 산후조리 도우미는 원래 인원이 적다고 했다. 은수는 모레 퇴원해야 하는데. 그렇다고 몇 달 전에 재혼한 은수 아버지를 찾아갈 수도 없었다. 은수와 새어머니는 아직 한 마디 말을 건네기도 서먹한 사이였다. 중소기업에서 엔지니어로 일하는 은수의 남편이 육아휴직을 신청할 형편도 아니었다. 은수는 중학교 때부터 지금까지 연락하고 지내는 단짝 친구인데 모른 척할 수가 없었다. 나는 은수에게 산후조리 도우미를 구할 때까지만 내가 몸조리를 도와주겠다고 했다. 며칠만 기다리면 도우미가 연결될 것 같아서 선뜻 그렇게 마음을 먹었는데 그게 어쩌다보니 보름이나 지나 버린 것이다.

집으로 돌아오는 길은 Y시로 내려갈 때보다 훨씬 멀고 지루하게 느껴졌다. 겹겹이 쌓였던 피로감이 온몸을 짓눌렀다. 휴게소가 나올 때마다 들러 잠깐씩 눈을 부치고 쉬다보니 집에 거의 다 왔을 때는 해가 저물고 있었다. 옅은 어둠이 깔린 마을 앞 농로로 접어들 때 국도변에 늘어선 가로등에 일제히 불이 들어왔다. 가로등에 불이 커지는 바로 그 순간을 본 것은 처음이어서 놀랍기도 하고 황홀한 기분마저 들었다. 이상하게도 그 순간, 몇 시간 전에 헤어진 은수와 아기 얼굴이 떠올랐다. 아기 생각을 해서 그런지 어디선가 달콤한 젖내가 풍겨오는 것도 같았다. 내 옷이며 몸에 아기 냄새가 배어서 그런 것일 테지만 나는 아기 냄새가 어디에선가 문득 날아온 것처럼 느껴졌다. 아무튼, 포근했다. 마을길도, 가로등도, 아기 얼굴도, 아기 냄새도. 모든 것이 포근하게 나를 감싸주는 듯해서 나지막한 언덕 아래 옹기종기 붙어 있는 집들이 더욱 살가웠다.

자동차의 속도를 줄이고 창문을 내리자 거름 냄새와 땅 위로 가라앉은 저녁의 공기가 차안으로 스며들었다. 오래된 마을과 숲에서 나는 냄새들은 모처럼만에 집에 돌아온 주인 옆에 슬그머니 다가앉는 늙은 애완견처럼 다정했다. 나는 마당 한 가운데 차를 세우고 뒷자리에 실어둔 옷가방을 내렸다. 어깨에 멘 숄더백이 흘러내리지 않게 한쪽 어깨를 치켜 올린 채 자동차의 잠금 버튼을 누르려던 순간 나는 비명을 지르고 말았다. 세상에! 잔디밭이 사라지고 없었다. 자동차 불빛에 드러난 것은 사람의 발길이 닿지 않은 오지의 풀밭이었다. 제멋대로 뻗치고 헝클어진 풀밭 한 가운데에서 나는 넋을 놓고 서 있었다.

"집을 나설 때만해도 여긴 분명히 잔디밭이었다구요!"

나는 마치 옆에 다른 사람이 있기라도 한 것처럼 소리를 질렀다. 기가 막힌 이 상황을 누가 좀 알아주었으면 싶었고 그 누군가가 이 모든 게 사실이 아니라고 말해주기를 바랐다. 잔디밭은 무릎까지 자란 풀과 발목이 묻힐 만큼 자란 잔디가 뒤섞여서 이제 더 이상 '잔디밭'이라고 부를 수조차 없는 지경이었다. 풀밭은 빛이 닿지 않는 어둠 속 저편까지 끝없이 이어져 있었다.

엉망으로 변해 버린 잔디밭 때문에 현관문의 비밀번호를 누르는 것도 제대로 되지 않았다. 두 번이나 번호를 잘못 입력하는 바람에 지문인식을 눌렀는데 이번에는 '입력되지 않은 지문'이라는 메시지가 나왔다. 누군가가 몰래 집안에 들어가 비밀번호를 바꿔버린 것은 아닐까? 두려움이 몰려왔다. 호흡을 가다듬고 다시 한번 숫자 하나하나에 뜸을 들이듯 천천히 버튼을 눌렀다. 마침내 문이 열렸다. 그래도 두려움이 가시지는 않았다. 집 안에 누가 들어와 있을지도 모른다는 생각에 신발장 안에 넣어 둔 야구방망이를 꺼내 들었다. 귀퉁이가 찌그러진 알루미늄 야구방망이는 엄마가 마당에서 이불을 털 때 쓰려고 주워 놓은 것이었다. 나는 거실과 주방의 전기스위치를 누르면서 헛기침 소리를 내보기도 하고 야구방망이로 바닥을 두들겨 보기도 했다. 혹시라도 누가 집안에 있다면 제발, 나와 부딪히기 전에 창문으로 달아나 주기를 바랐다. 아주 천천히 발걸음을 옮기며 일층의 방과 화장실까지 확인한 다음 이층으로 올라가는 계단 쪽으로 갔다.

계속해서 야구방망이로 바닥을 두드리며 첫 계단에 올랐다. 하지만 더 이상 발걸음이 떨어지지 않았다.

'툭! 툭! 이 소리를 듣거든… 툭! 툭! 이층의 창문을 열고 나가세요.

보일러실 지붕을 따라가다가 창고 지붕으로 건너가세요.

창고 지붕은 낮아서 담장 밖으로 뛰어내릴 수도 있어요, 제발……'

나는 속으로 그렇게 소리치기만 했을 뿐 입이 떨어지지는 않았다. 이층에서는 아무런 기척이 없었다. 창문을 여는 소리도 발자국 소리도 들리지 않고 조용했다. 결국 나는 이층으로 올라가는 것을 포기하고 야구방망이를 내려놓았다.

아기가 태어나자 은수의 세계가 달라져버렸다. 한 번도 젖을 빨려본 적 없는 은수가 한 번도 젖을 빨아본 적 없는 아기를 포옥 끌어안고 젖을 줄 때, 젖을 빨고 있는 아기의 입과 뺨과 감은 눈이 자아내는 표정은 뭉클하고 아릿하게 가슴을 적셨다. 하지만 신비롭기만 하던 기분은 며칠 가지 않았다. 아기 얼굴은 여전히 곱고 해맑았지만 날마다 아기를 씻기고 옷을 갈아입히고 기저귀를 갈아주고, 산모가 먹을 미역국을 끓인 다음 설거지와 빨래를 하고 집안 청소를 하는 것은 고역이었다. 집안일을 끝낸 뒤에는 마트에 가서 장을 보고 다시 반찬을 만들어야 했다. 그야말로 한시도 쉴 틈이 없었다. 저녁이나 이른 아침에 잠깐이지만 비좁은 아파트에서 은수의 남편과 부딪히는 것도 신경 쓰였다. 미안해하는 은수에게는 괜찮다고 했지만 속으로는 하루라도 빨리 집으로 돌아가고 싶은 마음이 간절했다.

하지만 일주일이 지나도 도우미센터에서 연락이 오지 않았다. 은수는 내게 많이 미안하긴 해도 낯선 도우미보다는 내가 옆에 있어줘서 너무 좋다고 했다. 그러면서 더 이상 도우미센터에 전화를 걸어 재촉하지 않았다. 아예 순서를 기다리지도 않는 눈치였다. 일주일이 지나도 은수는 내게 그만 집으로 가도 괜찮다는 말을 하지 않았다. 나는 조금씩 지쳐갔고 그만큼 서운한 마음도 깊어졌다. 그렇다고 아직 몸이 회복되지 않은 은수를 내버려두고 올 수도 없었다. 보름이 다 돼서야 산후도우미가 연결됐고 그제야 은수는 내가 가도 괜찮겠다고 했다. 은수 입에서 그 말이 나오기를 얼마나 기다렸는지 모른다. 나는 못 이기는 척도 하지 않고 짐을 챙겼다. 고속도로를 달리는 내내 자고 싶다는 생각뿐이었다. 집에 도착하는 대로 한 열흘간 죽은 척 잠만 잤으면 좋겠다 싶었다. 그런데 당장 풀을 뽑고 잔디를 깎아야만 한다는 사실에 기가 막혔다. 내가 은수의 갓난아기를 씻기고 보듬고 하는 사이에 누군가 잔디밭에 강력한 생장촉진제라도 살포한 것만 같았다. 내가 아기의 순면기저귀를 삶아 빨고 뽀얗게 마른 기저귀를 반듯하게 접어 개는 사이 잔디밭에는 어린 쑥과 민들레가 무럭무럭 자라나 내 무릎에 닿을 만큼 키가 커버린 것이다.

'봄비도 적당히 내려줘서 마침맞았겠지? 그래도 이건 너무 하잖아?

어떻게 보름 만에 이렇게 난장판을 만들어 놓을 수가 있냐고!'

나는 침대에 널브러진 채로 허공에 대고 소리를 질렀다. 억울한 생각이 들고 화가 치밀었다. 도대체 누구에게 화를 내야 할지 모르겠지만 자꾸만 화가 끓어올라 견딜 수가 없었다. 조금 전까지만 해도 침대에 눕자마자 쓰러져서 잘 것 같았는데 막상 자리에 눕고 보니 잠이 싹 달아나 버렸다. 잠은커녕 속에서 일어난 불길이 점점 더 사나워져서 몇 번이나 이리저리 뒹굴다가 베개를 물어뜯기까지 했다. 은수와 함께 있는 동안 나는 은수 아기에게 온 정신을 빼앗겨 잔디밭 생각은 한 번도 하지 못했다. 아무도 없는 빈 집에 돈 될 만한 것 하나 없는 살림이라 마음 푹 놓고 집을 비웠던 것이다.

집주인 여자만 아니라면 당장에라도 선택형 제초제를 사다가 뿌려버릴 텐데. 그녀가 언제 들이닥칠지 알 수 없었다. 잔디밭에 뿌리면 잔디는 남겨두고 다른 잡초들만 죽게 하는 선택형 제초제가 있다는 것은 이 집에 이사 오자마자 알게 되었지만 정작 한 번도 뿌려볼 생각은 하지 못했다. 집주인 여자가 단호하게 집어넣은 전세 계약서의 특약사항 때문이었다. 계약서를 작성하면서 집주인 여자는 특약사항에 '절대로 잔디밭이나 마당에 그 어떤 제초제나 화학비료도 뿌리지 않는다.'라는 문구를 넣어달라고 했다. 나는 거기에 아무런 이의를 제기하지 않고 서명했다. 그때는 그게 무엇을 의미하는지 전혀 알지 못했기 때문이었다. 그저 잔디밭도 유기농 채소처럼 어떤 약도 뿌리지 않는 것이 좋은 것인 줄로만 알았을 뿐이다. 계약서 특약사항에 생각이 미치자 문득 집주인 여자는 처음부터 나를 골탕 먹이려고 선택형 제초제를 뿌리지 못하게 한 것은 아닐까 하는 생각이 들었다. 애써 가꾼 잔디밭을 세입자에게 빌려 주는 게 내키지 않아서 심술을 부린 것도 같았다.

'혹시 내가 없는 사이에 집주인 여자가 와서 잔디밭에 생장촉진제를 뿌린 걸까?'

고개를 흔들었다. 아무래도 그것은 말이 되지 않았다. 이리저리 생각해 봐도 그렇게까지 할 이유는 없었다. 기가 막힐 지경으로 황폐해진 잔디밭 때문에 자꾸만 근거도 없는 이상한 생각들이 꼬리를 물고 일어났다. 자정이 훨씬 지났을 즈음 나는 마침내 머릿속이 뒤죽박죽 엉켜버려서 잔디밭이 왜 그렇게 되었는지에 대해 생각하기를 그만두었다. 생각하기를 그만둔 게 아니라 생각하는 기능이 아예 멈춰 버린 것 같았다.

트랙터 지나가는 소리에 눈을 떴다. 동네에서 트랙터를 가진 사람이 이장 한 사람뿐이어서 트랙터 소리가 나면 이장이 밭으로 나가는지 집으로 돌아오는지 알 수 있었다. 이장은 이미 처참하게 망가진 우리 집 잔디밭을 보았을 것이다. 내가 집에 없는 동안 마을 사람들은 잔디밭에서 자라나는 잡초들을 보면서 뭐라고 했을까? 나는 침대에 누운 채로 어젯밤에 멈춰버린 생각을 더듬었다.

"축구를 할 것도 아니면서 무슨 잔디밭을 오백 평이나 만들었지? 그것도 어떤 제초제도 뿌리지 않고 관리해야 한다는 게 말이나 되냐고!"

이제야 나는 전셋집을 잘못 골랐다는 것을 알았다. 집주인은 어쩌자고 이 집을 전세로 내놨을까? 이사 온 뒤 이 년이나 지나서야 잔디를 깎는 일에 대해 생각해보다니! 집주인이 새로 지어 이사 간 집에는 잔디밭이 없다고 했다. 그녀가 이사를 간 뒤에도 일주일에 한 번 꼴로 이 동네에 놀러오는 것이나 그녀의 우편물이 지금까지 이 집으로 배달되는 것도 수상했다. 집주인 여자는 그동안 엄마와 내가 없는 사이에 푸른 잔디밭을 거닐면서 잔디밭을 음미하고 잔디밭이 무사한지 감시하러 오는 것이 분명했다. 켄터키블루그래스가 너무나도 좋아서 오백 평이나 되는 잔디밭을 만들고 공들여 가꾸었지만 잔디밭을 가꾸는 일이 호락호락하지 않았겠지. 함께 잔디를 가꾸던 남편이 세상을 떠나자 일흔이 다 된 나이에 혼자 잔디밭을 가꾸는 게 힘에 부쳤을 것이다. 도무지 잔디밭을 가꿀 여력이 없자 집을 팔려고 내놨는데 집은 팔리지 않고, 그래서 생각해 낸 것이 전세였겠지. 드넓은 잔디밭과 꽃나무들을 제대로 관리하지 못하면 집의 가치가 떨어질 수 있으니 차라리 세를 주는 게 나은 것이었다. 잔디밭을 위한 특약사항이 필요했던 것도 그 때문이었다.

 '켄터키블루그래스예요. 한지형 잔디라 겨울에도 선명한 푸른색을
유지한답니다.

 눈 내리는 겨울에도 싱싱하게 살아있는 잔디밭을 볼 수 있어요.

 거기다 초록색 잔디 위에 하얗게 쌓인 눈은 또 얼마나 멋진지 몰
라요.'

 집주인 여자가 팔월 한낮 땡볕의 잔디밭에서 한겨울에 내리는 눈
이야기를 할 때 나와 엄마는 양산을 쓴 채 집주인 여자의 뒤를 좇았
다. 집주인 여자 옆에서 나란히 걷던 부동산 중개인 남자는 회화나무
그늘 아래로 들어갔다. 그는 뒷주머니에서 꼬깃꼬깃 구겨진 손수건을
꺼내 이마의 땀을 닦으면서 연신 집주인 여자의 말에 고개를 끄덕였
다. 이마가 벗겨지고 배가 많이 나온 중년의 공인중개사 남자는 차에
서 내릴 때부터 줄곧 땀을 비 오듯 흘리고 있었다. 한시라도 빨리 이
자리를 떠나고 싶은 눈치였다.

 '켄터키블루'라는 잔디의 품종이 있다는 것을 나는 그날 처음 알았
다. 집주인 여자가 '켄터키블루'라고 할 때마다 '켄터키치킨'이 떠올라
웃음이 나왔다. 내가 운영하는 피아노 학원 아래층에 있는 치킨가게
의 상호였다. 택지재개발사업이 속도를 내자 동네 주민들이 거의 빠
져나가 버려서 닭을 튀기는 날도 별로 없는 가게지만 찌들고 빛바랜

바탕에 '켄터키치킨'이라는 글자만은 단단하게 붙어 있었다. 켄터키 블루그래스가 잘 가꿔진 이층집을 보자마자 나는 곧바로 마음의 결정을 내렸다. 시내 아파트 전세 가격보다 싼 값에 넓은 잔디밭이 있는 전원주택에서 살 수 있다는데 망설일 게 없었다. 공인중개사 남자는 내가 마음에 들어 하는 기색을 보이자 얼른 계약서를 내밀었다. 그날 그 자리에서 전세 계약서를 작성하고 두 달 뒤에 이사를 했다.

이사하는 내내 바람이 거칠게 불었다. 담장 너머 옆집 마당 한 구석에 서있는 커다란 은행나무의 잎들이 잔디밭 위로 쏟아졌다. 바람이 휘몰아칠 때마다 옆집 창고 지붕을 덮고 있던 파란색 비닐천막이 펄럭거려서 은행잎들이 '펄럭펄럭'거리며 쏟아지는 것만 같았다. 이삿짐을 싣고 왔던 트럭이 동네를 빠져나가고 대충 짐정리를 끝냈을 때는 해가 지고 있었다. 엄마와 나는 거실 창가에 서서 잔디밭을 내다보았다. 바람은 성난 듯이 골목을 휘저었고 아직 노랗게 물들지도 않은 은행잎들이 허공을 떠돌았다. 마치 보이지 않는 거대한 손이 고목의 잎들을 모조리 훑어내는 것 같았다. 집안으로 떨어진 은행잎들은 켄터키블루그래스 위에 수북하니 쌓였다. 엄마와 나는 잔디밭 위에 쌓인 은행잎들을 쓸어내야 하는 것은 아닌가 하는 말을 주고받았지만 그대로 창가에 서 있었다. 이미 해가 저물었고 벌써 지칠 대로 지쳤기 때문이었다. 다음 날 아침 엄마와 나는 아침상을 물리자마자 갈

퀴로 잔디밭 위에 쌓인 나뭇잎들을 긁어모았다. 일 년 내내 잔디밭을 잘 돌봐줘야 한다는 두 번째 특약사항 때문이었다.

이사떡을 돌리고 가끔 잔디를 깎아주고 나뭇잎을 쓸어내는 사이 가을이 깊어갔다. 기온이 내려갈수록 잔디의 생장 속도가 점점 느려져서 보름에 한 번 정도만 잔디를 깎아주면 됐는데 대신 낙엽이 많이 쌓였다. 날이 추워지고 옆집의 은행나무 잎이 다 떨어졌다고 안심했지만 뒷산 졸참나무 잎들이 바람을 타고 날아와 끊임없이 쌓였다. 깊은 겨울이 되자 과연 집주인 여자의 말대로 켄터키블루그래스의 진가가 드러났다. 푸른 잎들이 모두 사라지고 없는 휑한 마을에 유독 켄터키블루그래스만이 제 빛을 잃지 않고 있었다. 함박눈이 내리던 날 난생처음 엄마와 단둘이서 눈싸움을 하고 작은 눈사람을 만들었다. 푸른 잔디밭 위에 쌓인 하얀 눈은 그야말로 아주 특별했다.

땅이 녹기 시작하면서부터 겨우내 고요했던 마을이 시끌벅적해졌다. 경운기와 트렉터가 이른 아침부터 요란한 소리를 내며 마을을 빠져나갔다. 엄마와 내가 잔디위에 쌓인 나뭇잎을 긁어내고 있을 때 아침 일찍 밭으로 나갔던 사람들이 하나 둘 집으로 돌아왔다. 마을 사람들이 늦은 아침상을 물릴 때쯤 퇴비를 가득 실은 트럭이 들어왔다. 농협을 통해 주문한 퇴비였다. 트럭이 밭이며 과수원 근처에 층층이 퇴비를 쌓아 놓고 가면 동네 사람들이 다시 일을 시작했다. 퇴비를 밭에 뿌리고 땅을 가는 것이었다. 퇴비가 골고루 흙속에 잘 섞이도록 갈아준 뒤에 봄비가 내려주면 역한 거름 냄새가 잦아들었다. 그렇게 땅이 한 숨을 고르고 새 힘을 비축하기를 기다렸다가 밭에 고랑을 내고 두둑에 흙을 돋웠다. 이장의 트렉터가 가장 바쁘게 움직이는 시기였다. 땅을 다 고르고 나면 잡초가 자라지 못하도록 비닐을 씌웠다. 비닐 씌우기가 끝나면 씨앗을 심거나 모종을 심어야 했다. 밭이나 과수원에 손 갈 일이 많아지자 마을 사람들은 수시로 골목을 지나다녔고 그 즈음엔 엄마와도 편안한 인사를 주고받았다.

엄마는 동네 사람들이 가끔 잔디밭에 대해 말한다고 했다. '땅에 심어 먹을 것이 얼마나 많은데 뭣 하러 아무것도 안 열리는 풀떼기에 그 공을 들이냐'는 것이었다. 엄마와 내가 잔디밭의 진짜 주인이 아니라는 것은 모두가 아는 사실이었지만 사람들은 마치 엄마가 집주인인 것처럼 잔디밭을 두고 한마디씩을 보탠다고 했다. 그 소리를 듣고 나서부터 엄마는 사람들이 일하러 나가는 시간에 잔디밭에서 풀을 뽑고 있으면 뒤통수까지 달아오르는 것 같다고 했다. 하지만 나는 엄마의 말에 별로 신경 쓰지 않았다. '엄마, 동네 사람들이 하는 말에 일일이 신경 쓸 것 없어요. 우린 그냥 우리 형편대로 사는 거고 그 사람들은 그 사람들대로 사는 거지 뭐.' 엄마는 전보다 더 일찍 일어나 잔디밭을 정리했다. 엄마가 마을 사람들이 골목에 나오기 전에 잔디밭에 나가 풀을 뽑을 때부터 나는 아예 마당에 나가지 않았다. 그

전에만 해도 가끔 엄마와 같이 마당에 나갔지만 점점 새벽에 일어나
는 게 귀찮아졌다. 엄마에게 미안한 생각도 들었지만 맑은 공기를 마
시며 풀을 뽑는 것은 엄마를 위해 필요한 일이라고, 매일 아침 조금
씩 운동 삼아 하는 일이니 엄마 혼자 해도 될 거라고 생각해 버렸다.
차츰 나는 트랙터가 그르릉 거리며 골목과 담장을 흔들어대도 끄떡
하지 않고 늦게까지 잠을 잤다. 엄마도 나를 깨우지 않았다.

사실 엄마가 새벽에 나를 깨워 같이 풀을 뽑고 잔디밭을 가꾸자고
하지 않는 이유는 따로 있었다. 그것은 내가 피아노를 치면서 아이들
을 가르치기 때문이었다. 피아노학과를 졸업한 뒤부터 지금까지 피아
노를 가르치며 엄마와 나의 생계를 꾸려 왔으니까 팔을 아끼는 것은
당연한 일이었다. 엄마에게 잔디밭을 떠넘겨 버리는 게 마음 편치만
은 않았지만 아침 일찍 일어나는 게 고역이던 나는 짐짓 모른 척 해
버리기로 한 것이다. 엄마가 차려 주는 아침을 먹고 마당에 나와 잘
정돈된 잔디밭을 몇 걸음 걸어보다가 기지개를 켜고 크게 숨을 들이
쉬고 나면 날마다 새로운 세계가 펼쳐지는 것 같았다. 엄마는 이웃과
친해지면서 텃밭 가꾸는 법을 배웠고 가끔 마을 경로당에 가서 할머
니들과 점심을 먹고 오기도 했다. 오일장이 서는 날에는 은행나무집
아주머니와 함께 시내버스를 타고 재래시장에 다녀오기도 했다.

엄마는 서울에서 태어나서 줄곧 서울에서만 살다가 아버지를 만났
다. 아버지 역시 서울에서 나고 자라 대기업 건설회사에 입사하던 해

엄마와 결혼했다. 요리하는 게 취미인 엄마는 주로 집안에서만 지냈고 나를 챙기는 일에만 매달렸다.

나는 엄마의 성화에 다섯 살 때부터 피아노를 배웠고 피아니스트가 되기를 꿈꿨다. 모든 것이 순조롭고 단란했다. 아버지가 다른 여자와 살겠다고 집을 나가버리기 전까지는. 아버지가 아무런 사전 통보도 없이 재산을 모두 정리해서 집을 나간 뒤로 엄마와 나는 혼자 사는 이모 집에 얹혀살았다. 내가 중학교 2학년 때 일이었다. 엄마는 어쩌다 가끔 이모가 하는 옷가게에 나가 옷을 팔기도 했는데 대개는 집안에서 지냈다. 아버지에게 당한 배신감은 엄마를 완전히 무너뜨려버렸다. 엄마는 자주 드러누웠고 오래 우울한 시간을 보냈는데 대부분은 잠을 잤다. 엄마는 밖에 나가는 것도 사람들을 만나는 것도 싫다면서 밤낮으로 잠만 잤다. 엄마가 자는 동안 나는 피아노를 쳤다. 엄마를 깨우고 싶었다. 언제나 그랬던 것처럼 옆에 앉아 내가 피아노 치는 모습을 바라봐 주기를 바랐다.

어릴 때부터 치던 피아노를 팔아치우지 않은 덕분에 나는 피아노학과에 입학할 수 있었다. 학자금 대출을 받고 아르바이트를 하면서 힘겹게 대학을 졸업한 뒤에는 피아노학원의 강사가 되었다. 학원에 다닐 시간이 없는 학생이 개인레슨을 해달라고 하면 어디라도 마다하지 않고 찾아가 피아노를 가르쳤다. 십여 년을 쉬지 않고 일한 뒤에 작은 피아노학원을 인수했다. 변두리 상가에 들어있는 학원이었지만 내겐 꿈같은 일이었다. 물론 이모가 돈을 보태주지 않았다면 그마저도 어려웠거나 좀더 오래 걸렸을 것이다. 학원을 차린 뒤에도 어떻게든 시간을 만들어 출장 레슨을 계속 나갔는데 그만큼 시간당 보수가 많기 때문이었다. 그 즈음 이모는 우리 셋이 살던 아파트를 처분하고 시드니에 있는 큰아들의 집으로 가서 살기로 했다. 내가 서둘러 전셋집을 알아본 것도 그 때문이었다. 이사 갈 집을 보러 다니기 시작할 때부터 나는 텃밭을 일굴 수 있는 작은 시골집을 염두에 두고 있었다. 이모가 시드니로 떠나고 나면 혼자 있는 시간이 더 길어질 엄마에게 소일거리가 있으면 좋을 것 같았기 때문이다. 시내에서 그리 멀지 않은 교외에 있는 집이라면 학원으로 출퇴근하는 것도 문제될 것은 없었다.

내 바람대로 시골 마을에 이사 온 뒤로 엄마는 말수가 많아졌고 하루가 다르게 표정이 밝아지기 시작했다. 엄마는 새벽에 마당에 나가 풀을 뽑고 들어와 샤워를 한 뒤 아침식사를 준비했다. 나는 마치 어린 시절로 되돌아간 기분이 들었다. 엄마가 아침상을 다 차려놓고 깨우면 그때서야 일어나 씻고 식탁에 앉았다. 서른 중반이 넘은 딸년이 시집도 안 가고 뭐하는 짓이냐고 잔소리를 할 법도 했지만 엄마는 한 번도 그런 말을 입 밖에 낸 적이 없었다. 나는 엄마가 혼자 돈 버는 딸이 안타깝고 미안해서 그런 거라고 짐작했지만 내색하지 않았다. 엄마와 단둘이 아침식사를 할 때면 오래전에 잃어버렸던 시간을 되돌려 받는 기분이 들었다. 나는 가끔 엄마에게 어리광을 부리기도 했는데 그것은 엄마가 가엽고 불안한 여자가 아니라 내가 기대고 의지할 수 있는 엄마가 되어주기를 바라는 마음에서 비롯된 것이었다.

하지만 이곳에서 보낸 엄마의 시간은 짧았다. 지난겨울, 아직 켄터키블루그래스 위에 눈이 내리기도 전에 엄마는 지상에 남은 시간을 송두리째 가지고 떠나버렸다. 잠시 들르러 나왔던 이모가 갑자기 시드니로 가는 것을 미뤘다고 할 때도 나는 아무 것도 눈치 채지 못했다. 내가 사실을 알게 된 것은 엄마 배에 복수가 차올라서 당장 입원해야만 할 때였다. 나는 피아노학원과 개인레슨을 후배 강사에게 맡기고 엄마 옆을 지켰다. 엄마와 함께 할 수 있는 시간이 너무나 짧다는 것을 알게 된 순간부터 나는 엄마 곁에서 한시도 떠나 있을 수가 없었다. 의사는 남은 시간이 삼 개월 정도라고 했지만 엄마는 의사가 예측한 석 달도 다 살지 못하고 떠나버렸다.

장례를 치른 뒤 이모가 시드니로 떠났고 나는 집주인에게 이사를 가겠다고 했다. 큰 집에서 혼자 살 수가 없었다. 마침 2년간의 전세 계약이 끝날 때여서 곧바로 전세금을 받고 이사를 갈 수 있을 거라 생각했다. 하지만 집주인은 당장 가진 돈이 없다고 했다. 집이 팔리거나 다시 전세가 나가야 전세금을 돌려줄 수 있다는 것이다. 부동산에 집을 내놓은 지 이틀 뒤부터 집을 보러 오는 사람이 몇 있었지만 집을 사겠다는 사람은 없었다. 간간이 집을 보러 가도 되냐고 묻는 전화가 걸려오다가 어느 날부터는 조용했다. 공인중개사무소에서 걸려오는 전화도 인터넷 부동산 게시판을 보고 찾아오는 사람도 뚝 끊겨버렸다. 아무도 집을 보러 오지 않는 동안 폭설이 마을을 덮었다. 내린 눈이 녹는가 싶으면 또다시 폭설이 내리기를 반복하자 마을 사람들은 당황했다. 마을 사람들도 나도 집안에서 꼼짝하지 않았다. 길에 쌓인 눈이 얼어붙고 그 위에 또 눈이 내려서 얼었다. 산등성이에 쌓인 눈이 얼어붙어 있는 동안 새들이 마을로 내려왔고 사람들이 나다니지 않는 마을의 골목을 새들이 오고 갔다. 눈이 다 녹은 한참 뒤에 잔디밭에 나가보았다. 그늘진 곳에는 아직도 낙엽들과 엉켜있던 얼음덩이가 녹고 있어서 지저분했다. 나는 갈퀴로 젖은 낙엽과 마른 잔디를 긁어냈다. 이틀 동안 먹고 자는 것 이외의 모든 시간을 잔디밭에서 보내고 나자 어느새 생기를 찾은 어린잎들이 얼굴을 내밀었다. 생채기 하나 없이 꼬들꼬들한 그것들은 두려움이나 그늘을 모르는 갓난아기와 같았다. 나는 오래 멈춰 있던 차 위에 덕지덕지 눌러붙은 새똥을 닦아냈다. 이제 피아노학원에 나가 봐야겠다고 생각했다. 그날 은수의 전화를 받았다. 새벽에 아기를 낳았다고 했다.

젖은 흙이 묻은 장갑을 낀 채로 땀을 훔친 얼굴은 벌써 흙투성이가 되었다. 땀이 흘러내리다 말라버린 자리는 따가웠다. 앉은 자리를 옮겨가면서 길게 숨을 내쉴 때마다 뜨거운 입김이 모자챙 밑에 고였다가 얼굴에 휘감겼고 모자에 달린 긴 천 자락을 뚫고 들어온 햇살은 뒷목을 따갑게 할퀴었다. 땀과 열기 때문에 숨이 막히는 것 같았다. 이제는 더 이상 안 되겠다고, 그만 쉬어야겠다고 중얼거렸지만 손을 멈출 수가 없었다. 아직 뽑아야 할 풀들이 너무 많았다. 민들레와 고들빼기, 망초, 창고 옆에 자란 질경이와 토끼풀까지. 내가 풀을 뽑는 동안에도 잔디밭 한 귀퉁이에서는 또 다른 풀들이 불쑥불쑥 얼굴을 내밀고 있는 것 같았다. 뽑아도, 뽑아도 끝이 없었다. 지구상에 존재하는 수만 종이 넘는 풀들 중에 몇 가지 풀들만 잔디밭에 뿌리내렸다는 것만으로도 다행스러워해야 했다. 나는 호미를 집어 던지고 앉은 자리에 벌러덩 누워버렸다. 그러고 보니 넓은 잔디밭 위에 누워본 것은 처음이었다. 이 년 동안 한 번도 누워보지 못한 잔디밭에서 나는 지금 무얼 하고 있는 거지?

그날은 모처럼 레슨이 없는 토요일이었다. 엄마와 나는 이사 오고 나서 처음으로 잔디밭에 돗자리를 깔고 늦은 점심을 먹었다. 냉장고에서 꺼내온 반찬들을 펼쳐 놓고 여느 때와 똑같은 밥을 먹는 데도 엄마와 나는 한껏 들뜬 기분이었다. 엄마는 회화나무 잎사귀가 다 떨어져간다고, 며칠만 더 지나면 가지가 앙상해질 거라고 했다. 집주인 여자는 회화나무 가지가 겨울이면 황금색으로 변한다고 했는데 정말 황금색으로 변하는지 궁금하다고도 했다. 세상에, 겨울에만 가지가 황금색으로 변하는 나무가 있다니! 그런데 이상했다. 그때는 분명 늦가을이었고 그늘이 없어도 따갑지 않은 한낮이었는데 어째서 엄마와 나는 허리를 펴고 길게 한 번 누워볼 생각을 하지 못했던 것일까? 그래, 맞아. 그건 새까맣게 들러붙은 산모기 때문이었지. 벌써 여러 군데 물린 것을 참아가며 밥을 먹었는데 모기에 물린 내 발목이 점점 크게 부풀어 올라서 밥을 먹다말고 약을 바르고 나왔는데도 모기가 계속 들러붙었다. 나중에는 발목이 붓고 열이 나기까지 했다. 엄마는 서둘러 반찬통을 챙겼고 나는 돗자리를 걷었다. 우리가 잔디밭에 돗자리를 깔고 밥을 먹은 시간은 채 삼십 분도 되지 않았지만 아쉽지는 않았다. 그때는 산모기 떼의 습격이 너무 당황스러워 얼른 도망가고 싶다는 생각뿐인데다 마음만 먹으면 언제든지 잔디밭에 나올 수 있을 거라고 생각했다. 하지만 그날 이후로는 단 한 번도 잔디밭에 돗자리를 깔고 앉은 적이 없었다. 그것도 산모기 때문이었을까? 내 생애를 통틀어 엄마와 잔디밭에서 밥을 먹은 것은 그날 딱 하루뿐이었다.

누운 채로 고개를 돌려 잔디밭을 보니 더욱 엉망진창이었다. 제멋대로 뻗은 풀들과 뒤섞여 있는 잔디는 '잔디'라고 불러주기조차 민망했다. 도무지 잔디답지가 않았다. 잔디는 오로지 잔디들끼리만 있어야 잔디답다는 것을 풀을 뽑으면서 알게 되다니. 사람의 손에 키워지기로 결정된 그 순간부터 잔디는 여느 풀들과는 다르게 살아야 할 운명이었던 것이다. 아무리 그래도 그렇지, 잠시 사람의 손을 타지 않았다고 해서 금세 보잘 것 없는 풀로 전락해 버리는 건 너무 했다. 거기에다 '켄터키블루'라니. 나는 집주인 여자가 아껴 마지않는 '켄터키블루그래스' 한 움큼을 쥐어뜯어 공중에 흩뿌렸다. 가느다란 잎들이 허공에 흩어지지도 못하고 얼굴 위에 들러붙었다.

시간을 너무 지체한 것 같았다. 자리에서 일어난 나는 잔디깎이를 가져왔다. 우선 급한 대로 풀을 뽑은 잔디부터 짧게 깎은 다음 나머지 부분을 다듬을 생각이었다. 일부분만이라도 깔끔해진다면 기분이 훨씬 좋아질 것 같았다. 양팔에 힘을 주며 잔디깎기를 밀었다. 하지만 채 몇 미터도 나아가지 못했는데 바퀴가 헛돌았다. 길게 자란 잔디가 잔디깎이의 바퀴에 휘감겨 버린 것이다. 바퀴에 감긴 잔디를 손으로 뜯어내고 다시 밀어봤지만 헛수고였다. 새벽부터 나와서 풀을 뽑았지만 아직도 뽑아야 할 풀이 지천이었다. 게다가 잔디깎기도 쓸 수 없는 형편이다 보니 마음은 더욱 조급해졌다. 차라리 낫으로 풀과 잔디를 모조리 깎아버리는 게 나을 것 같았다. 나는 화가 잔뜩 나서 분을 이기지 못하는 사람처럼 어깨를 들썩이며 창고로 달려갔다. 구석 벽에 걸린 낫에는 붉은 녹이 슬어 있었다. 뿌연 먼지가 켜켜이 쌓인 선반을 뒤적여 숫돌을 찾아 들고 수돗가에 앉아 낫을 갈았다. 낫을 갈아보기는 처음이었다. 무딘 날이 마른 숫돌에 닿자 서걱거렸다.

물을 조금 뿌린 다음 천천히 문지르고 물로 헹궈보았다. 조금씩 문지르다보면 녹을 없앨 수 있을 것 같았다. 한참을 문지르다 보니 제법 은빛 날이 살아났다. 낫날의 곡선이 뭉그러지긴 했지만 풀을 베는 것쯤은 문제없어 보였다. 나는 풀이 무성한 쪽으로 갔다. 손가락을 다치지 않으려고 조심하면서 왼손으로 풀을 그러잡고 오른손으로 낫질을 해봤다. 생각보다 낫이 잘 들었다. 풀이며 잔디가 한 움큼씩 베어져 나갈 때마다 속에 얹힌 것이 내려가는 기분이었다.

낫질에 재미를 붙인 나는 시간 가는 줄도 모르고 낫질을 계속했다. 잔디밭이 조금씩 제 모습을 찾아가는 것 같아 신이 났다. 해가 바짝 달아올라 등허리가 따갑고 화끈거렸지만 낫질을 멈추지 않았다. 이마에 맺혔던 땀이 잔디 위로 뚝뚝 떨어지고 온몸이 축축하게 젖었다. 그러다가 갑자기 팔꿈치 끝에서 강렬한 통증이 일었다. 통증은 순식간에 힘줄을 따라 손목까지 길게 이어졌는데 날카로운 것에 깊게 베인 것도 같고 찌릿하게 전기가 통하는 것도 같았다. 실제 통증이 있는 부위는 오른팔뿐인데도 온몸이 아찔해지는, 한 번도 경험해 보지 못한 통증이었다. 나는 아픈 팔을 부여잡고 집 안으로 뛰어 들어갔다. 차가운 물에 수건을 적셔 팔을 휘감고는 병원으로 향했다. 운전을 하는 내내 부서진 피아노 건반들이 내 머릿속에서 빠르게 소용돌이치는 것 같아 정신을 차릴 수가 없었다.

터미널 옆에 있는 정형외과로 갔다. X-선 사진을 들여다보던 의사는 '테니스 엘보'라고 했다. 내가 무어라고 말을 하려고 할 때 그가 먼저 입을 뗐다. 평생 테니스 라켓이라고는 잡아본 적 없는 자기 어머니도 테니스 엘보로 고생하고 있다고 했다. 나는 의사에게 정말이냐고 물어보려다가 그만 두고 진료실을 나왔다. 의사는 테니스 엘보라는 진단을 내릴 때마다 같은 말을 할 것 같았다. 내가 오기 이전에도 누군가에게 그 말을 했을 것이고 앞으로 올 누군가에게도 똑같은 말을 할 것만 같았다. 그게 사실이든 아니든. 물리치료를 받는 동안에도 통증이 가라앉지 않아 서둘러 약국으로 갔다. 곧바로 진통제를 먹고 진통 효과가 있다는 외상연고를 바르고 나자 차츰 통증이 가라앉았다. 병원 주차장으로 가는 길에 나는 조금 전에 바른 연고를 꺼내보았다. 장례를 치른 뒤에 엄마의 방에서 보았던 것과 같은 것이었다.

마당에 주차를 하자마자 뽑아 낸 풀들을 대충 긁어모았다. 풀을 더 뽑거나 베어 내지는 못하더라도 뽑아 놓은 풀들은 치워야 했다. 바구니 가득 시든 풀을 눌러 담아 들고 뒷마당으로 가는데 기름 보일러실 뒤에서 고양이 한 마리가 걸어 나왔다. 동네에서 여러 번 본 적 있는 고양이였다. 고양이는 긴 꼬리를 늘어뜨린 커다란 쥐를 입에 물고 있었다. 고양이는 나를 보지 못했는지 아니면 보고도 못 본 척하는 건지 텃밭을 향해 고개를 똑바로 쳐들고 걸어갔다. 그때 어디에 숨어 있었던지 새끼 고양이 다섯 마리가 한꺼번에 달려 나와 야옹거렸다. 어떤 녀석은 바닥에 드러누워 이리저리 뒹굴기도 했다. 고양이는 새끼들 앞에 죽은 쥐를 떨어뜨리고는 앞발로 눌렀다. 나는 그 자리에 잡초 바구니를 내려놓고 뒤돌아섰다. 순간 한껏 달아오른 해가 내 정수리 위로 따가운 볕을 한꺼번에 쏟아 붓는 것처럼 눈앞이 하얘졌다. 나는 마당 수돗가로 가서 세수를 하고 정신을 가다듬었다.

잔디밭에는 병원에 가기 전에 던져 놓은 장갑과 모자와 낫이 제멋대로 널브러져 있었다. 나는 팔이 아프다는 것도 잊고 장갑과 모자를 집어 들어 흙먼지를 털었다. 바늘로 찌르는 것 같은 통증이 되살아났을 때 나는 테니스 엘보가 심상치 않다는 것을 알았다. 싸늘한 통증은 파문을 일으키듯 점점 온몸으로 퍼졌다. 이대로라면 잔디밭을 제대로 복구하는 데 며칠이 걸릴지 알 수가 없었다. 그때 낫날 위를 기어가는 작은 것이 눈에 들어왔다. 공벌레였다. 낫날은 햇빛을 받아 번득이는데 그 위를 기어가는 공벌레는 태연했다. 달아오른 쇠가 뜨겁기도 할 텐데 녀석은 어쩌자고 거기에 있는 건지 알 수가 없었다. 내가 풀을 뽑고 낫질을 하고 병원에 다녀오는 그 사이 남아있던 한 쌍의 더듬이마저 퇴화해버린 것인가?

집 안으로 들어온 나는 진통제 두 알을 한꺼번에 삼킨 뒤 샤워를 하고 창가로 갔다. 달아오른 유리의 열기가 얼굴에 닿았다. 밖은 아직 뜨거웠고 아무도 없는 켄터키블루그래스 위에는 무심한 햇살뿐이었다.

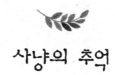

사냥의 추억

_ 바퀴가 구를 때마다 작은 돌들이 튀어 올라 자동차 바닥을 두드렸다. 나는 아주 천천히 차를 몰아 강의 상류로 갔다. 상류 쪽에는 다리가 있고 다리 아래는 짙은 그늘이었다. 그늘의 경계에 차를 세웠다. 그늘 쪽에 텐트를 칠 생각이었다. 내가 차에서 내리자 아내와 딸이 뒤따라 내렸다. 힐끗 두 사람의 안색을 살핀 나는 서둘러 트렁크를 열고 짐을 내렸다. 텐트와 캠핑용 의자를 내린 다음 조립식 탁자와 아이스박스를 내렸다. 크고 작은 가방들을 모두 내리고 뒷자리에 실려 있던 장바구니까지 꺼내자 자동차 옆에는 금세 한가득 물건들이 쌓였다. 짐을 챙겨 넣을 때도 하루를 밖에서 지내는데 필요한 물건이 너무 많다는 생각을 했다. 출발하기 전에 몇 번이나 빼놓을 만한 게 없는지 살펴봤지만 모두가 필요한 것들이었다. 늦은 점심과 저녁, 다음 날 아침까지 세 끼를 만들어 먹고 하룻밤을 자는데 필요한 양식과 도구들이 이렇게나 많을 줄은 몰랐다. 텐트 칠 자리를 확인한 나는 아내와 딸이 앉을 수 있도록 의자부터

펼쳐 주었다. 모녀가 그늘에 앉아 쉬는 동안 물건들을 옮겼다. 내리 쬐는 햇볕도 햇볕이지만 달아오른 자갈들이 뿜어내는 복사열도 대단 했다. 자갈들은 마치 아궁이 속에 넣고 구웠다가 방금 펼쳐놓은 것처럼 뜨거웠다. 나는 아내가 작은 것 하나라도 같이 옮겨 주기를 바랐지만 내색하지 않았다. 캠핑을 싫어하는 아내와 딸을 데리고 여기까지 온 것만으로도 감지덕지해야 할 형편이었다. 목에 두른 수건의 끝자락으로 눈두덩을 타고 흐르는 땀을 훔쳐가며 서둘러 남은 가방을 옮기고 텐트를 꺼냈다.

　여름이 오기 전부터 나는 밤마다 거실에 혼자 앉아 해외 다큐멘터리를 보았다. 다큐멘터리는 최소한의 생존 도구만 가지고 야생에서 살아남는 법을 가르쳐주었다. 원시의 숲이나 빙하를 찾아가기도 하고 사막에서 지내기도 하는 근육질의 남자는 그 어떤 위기의 순간에도 절망하거나 포기하지 않았다. 먹을 수 있는 것과 먹어서는 안 되는 것을 잘 알았고 위험에 대처하거나 위험을 피해가는 방법도 잘 알고 있었다. 자연의 냉엄함과 인간의 도전이 끊임없이 이어지는 다큐에 나는 흠뻑 빠져버렸다. 그러는 사이 야생에서의 생활을 동경하게 되었고 동경은 점점 의지로 변해갔다. 무모한 야생 체험은 엄두가 나지 않았지만 바깥에서 며칠 지내는 것은 해볼 만하다고 생각되었다. 건강이 좋지 않아 군대에도 가지 못했을 만큼 날 때부터 몸이 약했던 나는 오십이 넘도록 야영 한 번 해보지 못했다. 평균 신장에 조금 모자라는 키는 그렇다 치더라도 가슴뼈가 앙상하게 드러나는 빈약한 체구는 어쩔 도리가 없었다. 태어나서부터 줄곧 어머니의 애를 태웠던 것도 지나치게 가벼운 몸무게 때문이었다. 어머니는 내가 허약한 게 자신의 잘못이기라도 한 것처럼 온갖 몸에 좋다는 것을 구해 먹이고도 늘 먹을 것을 챙겨 입에 넣어주지 못해 안달을 했다. 내가 약사가 된 것도 그 때문이었다.

처음 캠핑 얘기를 꺼냈을 때 아내는 들은 척도 하지 않았다. 아내의 안색을 살펴가며 조심스레 다시 운을 띄우자 아내는 뭐 하러 편안한 집 놔두고 사서 고생하려고 그러냐며 눈을 흘겼다. 말을 꺼낸 김에 나는 한 번 더 용기를 내보았다. 그 순간 아내는 내가 즐겨 보던 다큐멘터리의 제작자와 진행자 모두를 싸잡아 비난했다. 요즘 같은 문명시대에 오지 여행이 말이나 되냐구요. 안전하고 쾌적한 숲이나 계곡도 많은데 굳이 먼 데까지 가서 생명을 위태롭게 하는 것은 문명을 거스르는 어리석은 행동이에요. 그리고 캠핑은 뭐 아무나 해요? 당신이 뭘 할 줄 아는 게 있다구요? 아내는 모험이나 탐험을 동경하는 것은 이해할 수 있어도 그럴 필요가 없는 사람까지 덩달아 자신을 위태롭게 하는 일을 자처하는 데는 동조할 수 없다고 했다. 아내는 내가 가고자 하는 캠핑이 마치 무슨 극지 탐험이나 되는 것처럼 질색했다. 싸늘한 목소리로, 한 마디 끼어들 틈조차 주지 않고 속사포같이 쏟아내며 두 번 다시 캠핑 얘기는 꺼내지 말라고 했다.

그럼에도 불구하고 어떻게든 캠핑을 가고야 말겠다고 작심하게 된 것은 제약회사 영업직원이 다녀간 날이었다. 영업직원은 주문한 약품들을 가져오면서 옷이나 피부에 뿌리는 모기 기피제를 놓고 갔다. 작년 여름에 가져온 제품이 아직 남아 있다고 했지만 막무가내였다. 새로 나온 거니까 한 번 놔둬 보세요. 그가 내미는 것은 언제나 새로 나온 것이었다. 알맹이는 그대로인 채 포장지만 바뀌어도 새로 나온 약이라고 했다. 모기 기피제 역시 스프레이 용기만 바뀌었을 뿐 성분은 작년 것과 같았다. '천연 성분으로 만들어서 인체에 아무런 해가 없어요.' 종이 포장지에 영업직원이 했던 말과 똑같은 문구가 적혀 있었다. 나는 지금까지 피부에 직접 뿌려도 아무런 해가 없다는 모기 기피제를 써본 적이 없었다. 문득 약국 안에 모기 한두 마리가 날아다니던 것이 생각나 한 통을 꺼내 포장을 뜯었다. 팔에 대고 슬쩍 뿌려보았다. 투명한 액체가 분사되는 순간 코끝이 알싸한 약초 냄새가났다. 국화꽃 그림이 그려져 있었지만 국화향기 같지는 않았다. 포장지를 벗긴 김에 제대로 한 번 써 보기로 한 나는 등 뒤와 엉덩이부위까지 충분히 뿌린 다음 무릎까지 바지를 걷어 올렸다. 앙상하게 마른 종아리는 제대로 자라지 못하고 뒤틀려버린 나무 같았다. 종아리에 기피제를 뿌리자 시원한 느낌이 좋았다. 온몸에서 진한 풀냄새가났다. 금방 머리가 지끈거렸다. 아무래도 너무 많이 뿌린 모양이었다.

나는 약국의 출입문을 열고 나가 바깥 공기를 들이쉬었다. 도로에서 끼쳐오는 탁한 공기가 열기를 몰고 달려들었다. 곧바로 문을 닫고 안으로 들어온 나는 갑자기 캠핑을 가야겠다고 생각했다. 모기 기피제가 정말 효과가 있는지 제대로 한 번 써보고 싶었다. 아내와 딸에게 꼼꼼하게 모기 기피제를 뿌려주고, 숯불 바비큐를 먹은 다음 텐트에 나란히 누워 딸에게 간지럼을 태워보고 싶었다. 별자리 어플을 켜놓고 하늘의 별을 하나하나 짚어 주고도 싶었다. 먼 나라로 오지여행을 가는 것도 아니고 기껏해야 국내에서 며칠 하는 캠핑인데 무얼 망설인단 말인가.

캠핑을 가기로 마음먹고 나니 마음이 들뜨기 시작했다. 곧바로 인터넷 쇼핑몰에 들어가 캠핑용품을 검색했다. 아내의 불만을 조금이라도 줄이려고 신중하게 텐트를 골랐다. 아내는 물건을 고를 때마다 그것이 무엇이든 디자인과 색깔, 품질까지 모두 마음에 들어야 했다. 혼자서 텐트를 제대로 칠 자신이 없는 나는 원터치 방식을 사기로 했다. 텐트를 결정하고 나자 의자와 탁자를 고르는 것은 수월했다. 텐트를 홍보하는 사진 속에 나란히 놓인 것으로 골랐다. 숯불 바비큐를 위한 그릴도 주문했다. 훈제를 할 수 있는 뚜껑 달린 검은 색 그릴이 마음에 들었다. 나는 캠핑에 필요한 것들을 모두 구입하느라 밤늦게까지 약국의 불을 밝히고 있었다.

아내를 설득하기란 쉽지 않았다. 제 엄마를 쏙 빼닮은 딸도 만만치 않았다. 딸은 유치원 체험 행사에 갔다가 날벌레에 눈꺼풀을 쏘인 적이 있었다. 기겁을 하며 딸을 데리고 병원에 다녀온 아내는 퉁퉁 부어오른 딸의 눈 주위가 다 가라앉을 때까지 밤마다 동동거리며 얼음 주머니를 들고 아이 꽁무니를 쫓아다녔다. 그때부터 인지 아니면 그 이전부터였는지 그것도 아니면 유전적인 것인지 아내와 딸은 등산을 가거나 숲속에 가는 것을 아주 싫어했다. 아파트 주변의 공원을 산책하거나 근교의 놀이 공원에서 잠깐 놀다 오는 것이 고작이었다.

굳은 결심을 하고 다시 '캠핑'이라는 말을 꺼냈을 때 아내는 그야 말로 귀찮아 죽겠다는 얼굴로 나를 노려보았다. 구질구질하게 캠핑은 무슨! 동생네 휴가 날짜에 맞춰 리조트 예약해 뒀으니 그런 줄 알아요. 아내는 눈꼬리를 치켜 올리며 씩씩거리기까지 했다. 그 서슬에 가슴이 오그라들었다. 하긴, 처남의 회사에서 운영하는 동해안의 리조트는 바다가 가깝고 리조트 안에 아이들이 놀 수 있는 물놀이 시설이 있는 데다 장모가 좋아하는 온천까지 있어서 편하긴 했다. 덕분에 몇 년 째 식구들 모두가 잘 쉬다가 왔다. 하지만 이번엔 나도 물러서지 않았다. 쪼그라든 가슴을 잠시 쓸어내리고 한 번 더 용기를 냈다. 해마다 가는 리조트가 따분하지도 않아? 요즘은 캠핑이 대세라는데 우리도 한 번 가보자구. 응? 아내는 잠자코 아무 말이 없었다. 나는 내친김에 확실하게 밀어붙이기로 했다.

왜 물어보지도 않고 리조트에 간다고 그래?

해마다 그래왔던 걸, 뭐 새삼스레 그래요?

벌써 텐트랑 필요한 물건도 다 샀단 말이야.

당신이야말로 왜 물어보지도 않고 그 딴 걸 맘대로 사고 그래요?

해마다 가는 리조트, 한 번 좀 안가면 어때서?

편하고 좋기만 한데 뭐 하러 생고생 하러 캠핑을 가요? 벌레에다 모기는 그렇다 치고 바리바리 싸들고 갔다가 또 짐 챙겨 집에 오면 그걸 다시 풀어서 정리해야 할 거 아니에요?

내가 다 할게, 처음부터 끝까지 내가 다 할 테니까 우리도 캠핑 한 번 가보자! 응?

다들 왜 그러나 몰라. 찌질한 남자들이 괜히 바깥에 나가서 폼 잡을라구?

그 순간 잠시 정적이 흘렀다. 이번엔 내가 아내를 노려보았다. 속으로 이렇게까지 해야 하나 싶은 생각이 들었지만 나는 눈에 힘을 빼지 않았다. 그 순간만 잘 넘기면 될 것 같았다. 결국 나는 캠핑을 좋아하는 '찌질한' 남자들의 역성까지 들어가며 발끈했지만 가족 모임에 가려는 아내를 설득하지는 못했다. 대신 리조트로 가는 길에 하룻밤만 캠핑을 하기로 했다. 끈질기게 조른 덕분이기도 하지만 아내가 '찌질한 남자' 운운한 것에 한 발 양보한 것도 같았다. 물론 캠핑용품을 미리 사두지 않았다면 어림도 없었다.

조용하고 한적한 야영지를 찾는 데도 며칠 고심했다. 사람들에게 많이 알려진 곳이나 일정한 간격으로 금을 그어놓고 다닥다닥 텐트가 붙어 있는 캠핑장은 가고 싶지 않았다. 인터넷 검색을 수없이 하다가 루어낚시 전문가가 올려놓은 한 장의 사진을 보고 여기까지 온 것이다. 리조트와 가까운 곳, 사람들이 많지 않고 텐트로부터 반경 일 킬로미터 이내에는 아무도 없는 강가, 내가 찾던 바로 그곳이었다. 멀리 빛바랜 파라솔 아래 몇 대의 낚싯대가 드리워져 있지만 먼발치에 한 두 사람 있는 것쯤은 괜찮았다.

　강 건너편엔 소나무가 빽빽한 산이 있고 텐트가 있는 이쪽은 넓은 자갈밭이었다. 강가에서 가장 가까운 마을로 가려면 차로 이십 분 정도는 더 가야 했다. 비탈길 가장자리에서부터 도로변까지 나무가 심어져 있긴 해도 더위를 식힐 그늘은 없었다. 아직 어린 나무의 잎은 더위에 지쳐 시들시들했다. 강가로 내려오는 비탈길 옆으로 커피와 물 따위를 파는 작은 판잣집이 있었지만 자물쇠가 채워져 있었다. 판잣집 아래 간이 수도시설과 화장실이 있고 그 옆에 구명조끼와 튜브가 걸린 감시 망루가 있었다. 그곳에 안전사고 감시 망루가 설치되어 있는 줄은 몰랐다. 내가 방문한 낚시 블로그의 사진 속에는 망루나 판잣집이 없었다. 구명조끼와 튜브가 새 것인 것으로 봐서는 최근에 설치한 것 같았다. 사진에서는 보지 못한 편의시설들을 보니 사람들이 제법 찾는 곳이 분명했다. 나는 블로그 운영자가 입질이 좋은 비밀 포인트라며 유난을 떨었던 것을 생각하니 속은 기분이 들었다. 물놀이하는 사람들이 많은 데서 무슨 낚시를 한다고? 어쩌면 그가 여기에 왔을 때는 아직 사람들에게 알려지기 전이었을 지도 모르지. 그런데 사람들이 전혀 보이지 않는 게 이상했다. 이미 휴가철이 시작되어 고속도로나 국도 할 것 없이 피서지를 찾아 떠나는 행렬이 줄을 잇고 있는데 말이다. 나는 고개를 갸웃거리며 아이스박스에서 마실 것을 꺼내 아내에게 건넸다. 아내는 다리를 꼬고 앉은 채 슬리퍼를 꿴 발끝을 까딱거리며 부채질을 하고 있었다. 그녀의 가슴팍 위에서 파닥거리는 부채가 금방이라도 부서질 것만 같았다. 아내는 차를 타고 오는 내내 한 마디도 말을 걸지 않았다. 출발하기 전에 어디로 갈 것인지 물어본 게 다였다. 내게 짜증을 내고 있는 것이 분명했지만 개의치 않았다. 그렇게도 오고 싶었던 가족 캠핑이 아니던가. 나는 오랜만에 목에 힘을 주어 말했다. 오늘 하루만큼은 내가 다 해줄게. 기다려봐! 아내는 잠시 부채질을 멈추고는 나를 빤히 쳐다보았다. 그때 텐트 안에 있던 딸이 나와 아이스박스에서 과일주스를 꺼내들고 제 엄마 옆에 앉았다. 딸이 내 말을 들었을까? 나는 딸에게도 방금 전에 아내에게 했던 말을 똑같이 해줄까 하다가 그만두었다. 딸은 아직도 나와 눈을 마주치지 않았다. 아마 이번 여름방학이 끝날 때까지 그럴 지도 모른다. 해외 어학캠프에 보내달라는 것을 들어주지 않았기 때문이다. 방송국에서 주최하는 호주 어학캠프에 보내달라고 한 게 봄부터였다. 나는 초등학교 오 학년이 어학캠프에 가서 영어를 배우면 얼마나 더 배운다고 호주까지 가냐고 말렸다. 영어 때문이라면 나중에 대학생이 된 뒤에 가도 된다고 했지만 딸은 지금 어학캠프에 가지 않는다면 대학에 못 갈지도 모른다고 했다. 아내도 딸과 같은 생각이었다. 학년이 올라갈수록 학교 공부할 시간도 부족할 텐데 언제 해외에 가겠냐고 거들었다. 그래도 나는 허락할 수 없었다. 마흔 넘어 간신히 얻은 딸을 잠시도 멀리 떼놓고 싶지 않았다.

원터치 방식의 텐트는 손쉽게 설치되었다. 텐트 앞쪽으로 그늘막을 설치하고 그 아래에 의자와 탁자를 놓고 보니 제법 그럴 듯한 캠핑장의 모습을 갖추었다. 아내와 딸은 텐트가 설치되자마자 냉큼 안으로 들어가 누웠다. 나는 모처럼만에 어깨가 으쓱해져서는 짧은 바지 주머니에 양손을 찔러 넣은 채 주위를 둘러보았다. 수심이 깊어 보이는 강물은 흐르는 기척도 없이 고요했다. 수면 위로 눈길을 던진 채 서 있던 나는 주머니 속에 든 두 개의 작은 돌조각을 꺼내 보았다. 햇살에 돌조각이 빛났다. 그것은 아침에 집을 나서기 전에 서랍에서 꺼내 온 화살촉이었다.

손때가 묻어 반들거리는 돌화살촉은 진짜 석기시대의 유물이었다. 조동리에서 유물을 발굴할 무렵 직접 찾아낸 것이다. 폭우에 씻겨 내려간 언덕에서 석기시대의 유물이 발굴됐다는 신문기사를 보던 순간 나는 가슴이 두근거렸다. 내가 살고 있는 도시의 한 쪽에서 석기 시대의 유물이 발굴되었다는 사실은 나를 흥분시켰다. 단순한 호기심이라고 하기에는 좀 더 무거운 그것은 근원을 알 수 없는 데서 올라오는 두근거림이었다.

다음 날 아침 일찍 발굴 현장에 도착했을 때는 벌써 많은 사람들이 모여 있었다. 발굴 조사 지역 안에는 밤새 내린 비가 고여 군데군데 웅덩이가 생겨 있었다. 교수들과 학생들이 쭈그리고 앉아 진흙 속을 더듬고 있었는데 그들 역시 무언가에 사로잡혀 흥분한 기색이었다. 나는 비닐 천막 아래 가지런히 놓여 있는 유물들을 조금이라도 더 가까운 데서 보기 위해 사람들 사이를 비집고 들어갔다. 빙 둘러쳐 놓은 접근금지 선 때문에 천막까지 갈 수는 없었지만 그것들은 분명 돌그물추와 화살촉, 돌도끼와 그릇 조각들이었다. 그 때 누군가가 환호성을 질렀다. '반달돌칼이다!' 땅 속에 묻힌 돌칼을 응시하며 양팔을 흔들어 보이는 청년을 돌아보며 나도 모르게 열렬한 박수를 쳤다.

그 다음 날 이른 새벽에도 나는 조동리로 나갔다. 며칠 째 내린 비로 강물이 많이 불어나 있었고 짙은 안개가 구름처럼 일렁이고 있었다. 도로 한 쪽에 차를 세우고 강가로 내려갔다. 물기 묻은 풀들이 무성한 비탈을 내려가는 사이 신발과 바지자락이 흠뻑 젖었지만 아랑곳하지 않았다. 강가에 다다른 나는 천천히, 아주 느리게 발걸음을 옮기며 바닥을 살펴보았다. 근처 어딘 가에 유물이 있을 거라고 생각했다. 조사단이 집중적으로 발굴하는 지역 말고도 여러 곳에서 유물이 나왔다는 얘기를 들었기 때문이다. 강가를 탐색한 지 사흘 째 되는 날 새벽 나는 마침내 돌그물추와 화살촉을 찾아냈다. 모양이 그대로 남아 있는 그물추 두 개와 화살촉 두 개였다. 무언가를 찾을 수 있을 거라고 기대를 하긴 했지만 그렇게 빨리 찾아낼 줄은 몰랐다. 나는 두근거리고 떨리는 심정을 누구에게도 드러내지 못하고 집으로 돌아왔다. 돌도끼를 주워 가지고 있다는 조동리 노인의 말을 들은 적 있던 터라 애초에 그것들을 문화재 발굴단에 가져다 줄 생각 같은 것은 하지 않았다. 그물추와 화살촉은 흔한 유물이어서 한두 개 쯤 내가 가지고 있어도 괜찮다고 생각했다. 유적 발굴과 관련된 기사는 연일 언론에 보도되었다. 다른 유적지에서는 볼 수 없었던 '붉은굽잔토기'가 나왔기 때문이었다.

십오 년 뒤 조동리에는 선사유적 박물관이 세워졌다. 박물관이 세워진 곳은 내가 화살촉을 찾아낸 곳에서 사 킬로미터 떨어진 곳이었다. 그 십오 년 동안 나는 늦은 결혼을 했고 어렵사리 딸 하나를 두었다. 생각지도 못한 일들이 많이 일어나기도 했는데 그중에 가장 큰 일은 시외버스 터미널이 이전한 것이었다. 어머니가 어렵게 마련해준 약국 바로 옆에 있던 시외버스 터미널이 이전할 줄은 미처 생각지 못한 일이었다. 터미널 이전 계획을 알게 되었을 때는 당장 다른 데로 약국을 옮길 형편도 아니었다. 그냥 앉은 자리에서 어떻게든 버텨보는 수밖에 없었다. 새로 지은 터미널 이층에 대형마트가 생길 줄도 몰랐다. 당연히 약국 근처에 있는 재래시장이 시들해졌고 약국을 찾는 발길도 눈에 띄게 줄었다. 텅 빈 약국에 혼자 앉아 있을 때가 많았다. 그것도 생각지 못한 일이었다. 한때 의자에 엉덩이를 붙이고 앉기는커녕 밥 먹을 시간조차 없던 약국이었다. 이런 날이 올 줄은 정말 생각지도 못했다.

혼자 멍하니 앉아 있을 때마다 나는 책상 서랍 깊숙한 곳에 넣어두었던 화살촉을 꺼내보곤 했다. 그것을 만지고 있으면 그날 새벽의 강이 떠올랐다. 자갈을 밟고 걸어가던 내 발소리와 두근거리던 심장소리가 생생하게 되살아났다. 그럴 때면 약국이 쉬는 날을 기다렸다가 선사유적 박물관을 찾아가곤 했다. 유리 진열대 안에 단정하게 놓여 있는 여러 개의 화살촉과 그물추를 보고 있으면 그것들이 이미 오래전에 죽은 남자들의 유물이기도 하지만 마치 나의 유물인 것처럼 생각되기도 했다. 지금은 비록 사냥이라고는 할 줄 모르는 처지이지만 기억하지 못하는 어느 한때 나는 거친 원시의 야생을 달려 사냥을 하던 때가 있었던 것도 같았다. 나는 잃어버린 기억을 애써 떠올려 보려는 듯 화살촉이 든 진열대 앞을 오래 서성거리곤 했다.

테트 안으로 연기가 날아 갈까봐 멀찌감치 떨어진 곳에서 숯불을 피웠다. 그늘 한 점 없는 뙤약볕 아래는 잠시만 서 있어도 땀이 뚝뚝 떨어졌다. 땀으로 흠뻑 젖었다가 말라가는 모자에는 벌써 하얀 소금 꽃이 번졌다. 고개를 숙일 때마다 목덜미가 햇볕에 드러났고 칠월 중순 정오의 햇빛은 사나운 고양이의 발톱처럼 뒷목을 따갑게 할퀴었다. 살갗은 금세 빨갛게 부풀어 올랐다. 핏기 없이 하얗기만 하던 얼굴과 팔뚝이 붉게 익어 따갑고 쓰라렸다.

숯에 불을 붙이는 건 생각처럼 쉽지 않았다. 뭐든 한 번도 해본 적 없는 일은 쉬운 게 없는 거라고 스스로를 격려하며 토치에 불을 댕겨 작은 양철통의 아랫부분에 들이밀었다. 몇 개의 숯에 먼저 불을 붙인 다음 그릴 속에 넣으려는 것이었다. 화르르, 가스불이 숯덩이에 닿자 하얀 연기가 피어올랐다. 나는 연기가 피어오르는 숯통을 들여다보며 한참을 그대로 서 있었다. 아까처럼 연기만 조금 나다가 불씨가 꺼져 버릴까봐 조바심이 났다. 따닥따닥 소리를 내며 미세한 불똥이 연거푸 튀어 오르고 짙은 연기가 피어올랐다. 서서히 검은 숯덩이들이 붉게 달아올랐다. 나는 입가에 엷은 미소를 띤 채 그릴이 놓여 있는 쪽으로 갔다. 불길을 머금은 숯덩이를 그릴 속에 넣고 그 위에 새 숯을 더 얹었다. 잠시 불이 세지길 기다렸다가 석쇠를 올리고 석쇠가 달궈지자 그 위에 고기를 올렸다. 조심스럽게 한 장, 한 장 고기를 올려놓는 나는 진지하다 못해 엄숙해지기까지 했다.

아내는 캠핑용 의자에 기대 앉아 눈을 감고 있었다. 강으로 오는 내내 귀에 꽂고 있던 이어폰은 그대로였다. 고등학교에서 수학을 가르치는 아내는 얼마 전 변화가 필요하다며 독일어 공부를 시작했다. 여름방학이 시작되자 그녀의 귀에는 자주 이어폰이 걸려 있곤 했다. 아내는 가끔 생각난 듯 부채질을 하다가 반찬통 주위로 파리가 날아들자 벌떡 일어나 팔을 휘저으며 파리를 쫓았다. 그녀의 몸짓 하나하나에는 짜증이 가시처럼 붙어 있었다. 당장 리조트로 가고 싶은 것을 억지로 참고 있는 것 같았다. 내가 딱 하루만이라도 캠핑을 해보자고 했을 때 좀 더 강경하게 말리지 않은 것을 후회하고 있을 지도 몰랐다. 만약 내 부탁을 단호하게 거절했더라면 지금쯤 얼음이 가득한 레몬에이드 잔을 들고 바다가 보이는 창가에 앉아 있을 텐데⋯⋯. 아내는 시선을 가리는 모자의 넓은 챙을 부채로 들어 올리며 내게로 눈길을 돌렸다. 자신과 딸의 비위를 맞춰주려 애쓰는 내가 조금은 안쓰럽게 보일 테지? 아내에게 미소를 지어 보였지만 나와 눈이 마주치자마자 아내는 이내 도리질을 했다. 도무지 마땅치 않다는 얼굴로 엄지에 검지를 모으더니 탁자 위를 기어가던 개미 한 마리를 야멸차게 튕겨냈다.

고기를 굽고 있자니 딸이 예닐곱 살 때 가보았던 자연사 박물관이 떠올랐다. 동굴 속에는 여자들과 아이들이 옹기종기 모여 있었다. 수렵을 해야만 하던 때 남자들은 여자와 아이들을 남겨둔 채 사냥을 나갔다. 여자는 사냥에서 돌아오는 남자와 남자의 손에 들린 식량을 기다렸다. 여자와 아이들은 언제나 목숨을 위협하는 짐승과 다른 무리의 남자들로부터 보호받아야만 했고 종족의 여자와 아이들을 지키는 일은 남자들의 가장 큰 임무였다. 어쩌면 생의 최대 과제였을지도 모른다. 여자와 아이들을 제대로 먹이고 지킬 수 있었던 원시 남자는 행복했을 것이다. 사냥한 짐승을 둘러매고 돌아오는 원시 남자의 의기양양한 모습을 상상하던 나는 집게를 잡은 손에 힘을 주었다. 두껍게 저민 고기는 석쇠의 가장자리에 올려놓고 얇게 저민 고기의 앞뒤를 뒤집어 주었다. 그릴 주위로 군침 나는 냄새가 진동했다. 석쇠 위에 고기를 다 얹은 다음 기다란 스테인리스 꽂이에 작은 소시지와 피망, 양파를 번갈아 끼웠다. 날카로운 쇠꼬챙이에 하나씩 먹을거리를 꿸 때마다 손끝이 짜릿했다. 꼬치를 알맞게 구운 다음 잘 익은 고기와 함께 접시에 담아 아내 앞에 놓았다. 모처럼 아내가 활짝 웃으며 탁자 가까이로 의자를 당겨 앉았다. 그리고는 딸아이를 불렀다.

텐트 밖으로 나오는 딸의 한 손에는 휴대용 선풍기가 또 다른 한 손에는 전화기가 들려 있었다. 화면 속에는 남자 가수가 앞치마를 두른 채 스파게티를 만들고 있었다. 유명한 연예인 남녀가 짝을 지어 진짜 신혼부부처럼 지내는 프로그램이었다. 딸이 움직일 때마다 남자 가수의 말소리가 뚝뚝 끊겼다. 딸은 검지 끝으로 화면에 뜬 남자

가수의 얼굴을 지우고 그림 앞으로 갔다. 접시에 놓아둔 꼬치나 고기에는 손도 대지 않고 굽지 않은 소시지를 꺼내 숯불이 센 쪽으로 굴려 놓았다. 그리고는 다시 전화기의 화면을 두드렸다. 좀 전에 앞치마를 두르고 있던 신혼의 가수가 여러 멤버들과 춤을 추고 노래를 부르는 동영상이었다. 딸은 포크로 반쯤 익은 소시지의 한가운데를 꾹 찍어 눌렀다. 소시지의 끝부분을 후후 불면서 다시 텐트 안으로 들어간 딸은 동영상에서 흘러나오는 빠른 리듬에 맞춰 춤을 추었다. 나는 화가 치밀었다. 기껏 힘들게 구워놓은 고기를 놔두고. 거기다가 그 놈의 전화기는 손에서 떼놓을 줄을 모르네. 목구멍까지 화가 치밀어 올라 소리를 내지르고 싶었지만 참기로 했다. 딱 하루만 허락된 캠핑을 잠시라도 언짢게 보내고 싶지 않았다. 아내는 고기 몇 점을 먼저 먹고 나서 다시 딸을 불렀다. 고기가 정말 맛있어. 안 먹으면 후회할 거야! 아내가 두어 번 소리를 지르자 딸이 못 이기는 척 밖으로 나왔다. 내가 딸의 접시 위에 새로 고기를 올려주었지만 딸은 여전히 나와 눈을 마주치지 않았다. 잘 먹겠다는 말은 했지만 고마워하는 기색은 눈곱만큼도 비치지 않았다.

세 식구가 한 자리에 둘러앉아 있을 때 강변으로 차 한 대가 내려왔다. 차안에 앉은 채로 창문을 내려 밖을 둘러보던 운전자는 수도가 가까운 쪽에 자리를 잡았다. 부부와 대여섯 살 쯤 되어 보이는 남자 아이 둘이 있는 가족이었다. 아이들은 차에서 내리자마자 소리를 지르며 물가로 달려갔다. 키 작은 아이가 비틀거리며 위태롭게 뛰어가자 젊은 여자가 재빠르게 쫓아가 아이를 안았다. 아이들과 함께 서 있는 여자를 지켜보던 젊은 남자는 텐트에 폴대를 끼우기 시작했다. 뭐가 맞지 않았는지 끼웠던 폴대를 다시 빼내며 텐트를 만지는 그의 손놀림이 어설퍼보였다. 나는 고기를 씹으며 원터치 방식의 텐트를 사길 잘 했다고 생각했다. 숯불에 잘 구워진 고기 덕분에 아내와 딸이 오래 식탁에 마주앉아 있었다. 기분이 좋아진 나는 고기를 더 잘라 딸의 접시에 올려 주었다. 강가에서 들리는 어린 아이들의 웃음소리도 듣기 좋았다. 딸은 젓가락을 내려놓고 강가로 갔다. 구명조끼를 입은 아이들이 공기를 주입한 작고 푸른 보트 위에 앉아 있었다. 젊은 남자는 어느 새 텐트를 다 쳐놓고 물속에서 아이들이 탄 보트를 끌어주고 있었다. 나는 큰소리로 딸에게 물 조심을 시켰다. 강의 가장자리는 얕아서 아이들이 놀기에 안전했지만 한가운데는 어느 정도로 깊은지 가늠할 수가 없었다.

아내가 식탁을 정리하자 나는 설거지할 그릇들을 들고 수돗가로 향했다. 해가 서쪽으로 좀 더 기울자 열기가 누그러들긴 했지만 그늘이 없는 곳은 아직도 뜨거웠다. 고기를 담은 접시가 잘 닦이지 않아 몇 번이나 수세미에 세제를 묻혀야 했다. 캠핑을 가기만 하면 모든 것은 혼자서 다 하겠다고 큰소리 친 게 후회스러웠다. 마지막으로 남은 석쇠를 닦고 있을 때 흰색의 캠핑카 한 대가 비탈길을 내려왔다. 캠핑카는 강가 드넓은 자갈밭 한 가운데서 멈추었다. 검정 페도라를 쓴 남자가 캠핑카 문 앞에 야외용 미니 탁자를 펼치더니 그 위에 휴대용 가스레인지를 올렸다. 그들이 타고 온 차에서 요란한 음악 소리가 흘러나왔다. 남자가 가스레인지 앞에 서서 무언가를 끓이고 있을 때 털이 하얀 강아지를 안은 긴 머리의 여자가 차에서 내렸다. 여자가 긴 막대 끝에 휴대전화기를 매단 채 포즈를 취하자 한 손에 숟가락을 든 남자가 다른 한 손으로 브이 자를 그리며 배경처럼 다가섰다. 두 사람이 자리를 바꿔가며 사진을 찍는 동안 나는 계속해서 석쇠를 문질렀다. 햇빛을 받은 등허리가 따갑게 쓰렸다. 현기증이 잠깐 생기는가 싶더니 속이 메슥거리는 것도 같았다. 그래도 설거지를 마저 끝내야 한다는 생각에 솔질을 계속했다. 고기와 기름이 타서 새까맣게 들러붙은 석쇠를 땡볕 아래서 닦는 것은 그야말로 고역이었다. 바비큐 그릴을 살 때 같이 산 전용 솔로 박박 문질러야 했는데 너무 세게 힘을 주었는지 손등이 긁히고 말았다. 뾰족하고 가느다란 쇠침이 촘촘히 박힌 솔은 살짝 스치기만 했는데도 깊은 상처를 냈다. 계속해서 피가 흘렀다. 서둘러 텐트로 돌아온 나는 구급약 상자를 열어 연고와 밴드를 찾았다. 모기 기피제가 눈에 띄었다. 상처에 약을 바르고 밴드를 붙인 다음 기피제를 뿌렸다. 아내와 딸에게도 뿌려주려고 텐트 밖으로 나온 나는 딸의 이름을 불렀다. 대답이 없었다. 주위를 둘러보았지만 어디에도 딸의 모습은 보이지 않았다. 내가 설거지를 시작할 때 딸은 강가에 있었다. 불길한 생각이 스친 나는 강가로 내달리며 딸의 이름을 크게 불러보았지만 역시 대답이 없었다. 뜨거운 한낮의 강가에는 딸의 그 어떤 흔적도 없었다. 아까보다 심한 현기증 일었다. 크게 휘청거린 나는 그 자리에 멈춰 섰다. 초조한 마음으로 아내에게 전화를 걸었다. 아내의 전화를 딸이 받았다.

아빠, 나 엄마랑 리조트가요. 샤워해야 하는데 거기서는 샤워 못하겠어. 벌레도 너무 많구. 거기선 도저히 못 자겠어. 엄마랑 리조트에서 자고 내일 아침에 데리러 갈게. 아빠, 내일 아침에도 맛있는 거 해주세요. 사랑해 아빠!

딸은 내가 무슨 말을 하기도 전에 전화를 끊어버렸다. 통화가 끊긴 전화기의 화면 위로 하루살이들이 어른거렸다. 그때서야 나는 내 차가 보이지 않는다는 것을 깨달았다. 리조트는 강에서 멀지 않았다. 삼십 분만 가면 리조트가 있고 그 안에는 편의점과 카페와 깨끗한 수영장이 있다. 아마도 딸은 리조트에 도착하자마자 수영장으로 갈 것이다. 물에서 조금 놀다가 스카이라운지 카페에서 팥빙수를 먹을 테지……. 아! 나는 뒤늦게 외마디 소리를 지르며 아내에게 다시 전화를 걸었지만 받지 않았다.

나는 첨벙첨벙 강물 속으로 걸어 들어갔다. 물속은 차가웠다. 머리

위로 물을 끼얹으며 거칠게 세수를 했다. 연거푸 세수를 하고 팔에 물을 끼얹고는 주위를 둘러보았다. 멀리 강 건너편에 왜가리 한 마리가 서 있었다. 언제부터 거기 있었는지 알 수 없었다. 왜가리는 물끄러미 서 있는 것 같더니 강을 거슬러 가볍게 걸음을 옮겼다. 내 쪽으로 다가오고 있었다. 왜가리는 아주 천천히 걸음을 옮기다가 잠깐 멈추더니 날렵하게 긴 부리 끝을 물속에 찔러 넣었다. 그러기를 몇 번 반복했지만 무언가를 낚아 올린 것 같지는 않았다. 나는 무릎이 잠기는 즈음에서 가만히 멈춰 있었다. 어깨가 넓고 몸통이 큰 왜가리는 건장한 중년의 남자를 연상케 했다. 나는 한참 동안 왜가리를 쳐다보았다. 뾰족하고 긴 부리는 위협적이어서 너무 가까이에 있어서는 안 될 것 같았다. 어딘지 모르게 나를 주눅 들게 하는 힘이 느껴졌다. 왜가리와 눈이 마주치는 순간 나는 숨을 멈추었다. 내 눈을 응시하는 왜가리의 눈빛은 오래전부터 나를 지켜보고 있었던 것 같았다. 무엇 때문에 그런 느낌이 들었는지는 알 수 없지만 분명 그 눈빛은 아주 오래전부터 나를 잘 알고 있는 사람의 시선처럼 느껴졌다. 더욱 이상한 것은 내가 무슨 잘못을 저지르려다가 들킨 아이처럼 놀라고 부끄러운 마음까지 드는 것이었다. 영문을 알 수 없는 이상한 기분에 나는 한참을 망연히 서 있었다. 방금까지 나를 휘청거리게 만들었던 분노와 서운한 마음도 잊어버린 채였다. 한참 만에 정신을 차린 나는 물소리가 나지 않게 살며시 걸음을 옮겼다. 좀 더 가까운 곳에서 왜가리와 마주하고 싶었다. 물이 깊어질수록 강바닥이 더 미끄러워서 발을 내디딜 때마다 중심을 잡느라 애를 써야 했다. 왜가리가 놀라서 달아나지 않게 조금씩, 조금씩 발을 옮겨가며 왜가리와의 거리를 좁혀갔다. 천천히 발을 떼면서 발바닥으로 물밑을 더듬어 보았다. 허벅지가 물에 잠겼을 때 갑자기 물살이 빨라졌다. 밖에서는 전혀 눈치채지 못한 빠르고 위협적인 물살이었다. 이제 그만 가야겠다고 뒤돌아서던 순간 나는 중심을 잃고 휘청거렸다. 물속에 철퍼덕 주저앉은 나는 양손을 허우적거리며 첨벙거렸다. 물살에 조금 아래쪽으로 떠밀려가긴 했지만 금방 얕은 곳으로 헤엄쳐 나왔다. 깊은 숨을 몰아쉬었다. 하마터면 큰일 날 뻔했다고 안도하며 왜가리를 돌아보았다. 그 순간 물고기 한 마리가 왜가리의 입속으로 들어갔다.

산 아래로 해가 넘어가고 있었다. 나는 텐트 안에 주저앉아 강 건너를 바라보았다. 왜가리는 아직 그 자리에 서 있었다. 조금씩 움직이는 것 같았지만 처음의 자리에서 크게 벗어나지 않고 맴을 도는 것 같았다. 왜가리가 다시 물고기를 잡아 올리는 것을 본 나는 아이스박스를 열어 먹다 남은 소시지와 맥주를 꺼냈다. 배가 고픈 것은 아니었지만 무언가를 삼키고 싶었다. 몇 모금의 술이 배 속에 들어가자 헛헛했던 마음이 조금 가라앉았다. 남은 맥주를 다 마셔버렸을 때는 하루살이 떼가 구름처럼 몰려들었다. 숨을 들이 쉴 때마다 콧구멍 속으로 들어올 지경이었다. 나는 모기 기피제를 들고 허공을 향해 마구 뿌리기 시작했다. 포위하듯 다가오는 하루살이들에게 맹렬하게 저항하듯 기피제를 쏘아댔다. 스프레이는 금방 바닥났다. 빈 통을 텐트 밖으로 내던지고는 구석에 벗어 놓았던 젖은 바지를 뒤졌다. 주머니 속에 든 화살촉을 잊고 있었다.

　손바닥 위에 놓인 젖은 돌화살촉은 선명한 회색을 띠었다. 나는 화살촉을 꼭 거머쥔 채 주위를 둘러보았다. 화살대가 될 만한 것을 찾았지만 텐트 주위에는 마른 풀이나 푸석한 나뭇가지 말고는 없었다. 그릴 위에 올려놓았던 스테인리스 꼬챙이가 눈에 띄었다. 얼른 구급약 상자에서 반창고를 꺼내 쇠꼬챙이에 화살촉을 매달았다. 나는 회심의 미소를 지으며 성큼성큼 강으로 걸어갔다. 왜가리는 나를 향해 고개를 돌리고 있었지만 꼼짝하지 않았다. 나는 내처 물속으로 뛰어들어갔다. 그리고는 왜가리를 향해 있는 힘을 다해 돌화살촉을 매단 꼬챙이를 날렸다. 하지만 그것은 왜가리가 서 있는 근처에도 못가서 떨어지고 말았다. 떨어지는 소리조차 미약했다. 밤톨만한 돌멩이 하나를 강물에 던졌을 때 나는 소리쯤 될까. 허탈했다. 왜가리는 꼼짝도 않고 아까처럼 무심하게 나를 주시하고 있을 뿐이었다. 나는 돌화살이 빠진 쪽으로 가보려 했지만 물살이 세서 더 들어갈 수가 없었다. 돌화살촉 한 개를 잃어버린 게 적잖이 아쉬웠다. 물 밖으로 나온 나는 주먹만 한 돌을 주워 왜가리를 향해 힘껏 던졌다. 돌은 왜가리를 향해 날았고 화살촉보다 훨씬 더 멀리 날았지만 왜가리를 맞히지는 못했다. 그것뿐이었다. 나는 미련 없이 돌아서서 텐트를 향해 걸었다. 어쩌면 오랜 시간이 흐른 뒤에 '돌화살촉을 매단 쇠꼬챙이'가 어느 유적 박물관 별실에 전시될지도 모른다며 피식 웃었다.

저녁을 먹는 것도 잊은 채 텐트 안에 길게 누웠다. 낮에 강가에 도착한 이후 처음으로 허리를 펴고 눕는 것이었다. 허리를 반듯하게 펴고 눕는다는 게 얼마나 편안한 휴식인지 새삼스러웠다. 돌아눕는 손끝에 휴대전화기가 닿았다. 물에 빠진 뒤 텐트로 돌아와 그대로 내동댕이 쳐놓은 것이었다. 물에 젖어서 고장이 난 건 아닐까 걱정이 됐지만 전화기 케이스를 열어 배터리를 분리하고 말려보는 수밖에 없었다. 그 사이 아내가 전화를 걸지 않았을까? 전화가 안 된다고 나를 찾아오지는 않을까? 고개를 젓는데 눈물이 찔끔 고였다. 나를 혼자 남겨두고 가다니! 야속한 마음이 되살아나자 명치끝이 아파왔다. 캠핑카의 음악 소리도 꺼지고 아이들이 있는 텐트도 조용했다. 물소리조차 들리지 않는 강은 여전히 고요하기만 했다. 강 건너 어딘가에서 짐승을 쫓는 폭죽소리가 울렸다. 폭죽 소리는 긴 간격을 두고 울렸다가 연달아 울리기도 했다. 소리에 귀를 기울이던 나는 산속 어디선가 놀란 어린 고라니가 넘어졌을지도 모른다고 생각했다. 낮에 보았던 왜가리는 지금 어디에 있을까. 밤이 깊을수록 가슴께의 통증은 더 깊은 곳으로 뿌리를 뻗고 있었다.

내 생애 처음 파티

_ 이력서를 보낸 지 하루 만에 전화가 왔다. 전화를 건 여자는 자신이 신문사의 발행인이라며 당장에라도 면접을 보고 싶다고 했다. 나는 긴장했다. 아무리 작은 신문사라지만 신입 기자를 채용하면서 발행인이 직접 전화를 걸어 면접을 보러 오라고 할 줄은 몰랐다. 게다가 여느 회사의 직원들처럼 면접 날짜와 장소를 알려주고는 금방 전화를 끊을 줄 알았는데 그게 아니었다. 그녀는 내가 잘 알았다고, 고맙다고 대답하려는 찰나에 불쑥 신문사의 월급 얘기를 꺼냈다. 나는 당황했다. 이런 적은 처음이라 어떻게 대처해야 할지 몰랐다. 그녀는 이어 작은 주간 신문사지만 단 한 번도 결간한 적이 없으며 월급을 제때 못 준 적도 없다는 말도 덧붙였다. 내가 미심쩍어 하는 것이 무엇인지 다 알고 있다는 듯이, 면접을 보고 나서 결정해도 늦지 않으니 서둘러 신문사로 와주면 좋겠다고 했다. 사실 그녀의 말대로 나는 도대체 어떤 신문을 만드는지도 잘 모르는 지역 주간 신문사에 이력서를 내고 나서 내내 찜찜했다. 실컷 일을

해주고도 급여를 못 받은 식당과 건설회사 사무실이 자꾸 생각났기 때문이다. 구인 광고를 보고 되는 대로 몇 군데 이력서를 보냈는데 연락이 온 곳이 하필 주간 신문사 한 곳뿐이어서 망설이지 않을 수가 없었다.

나는 숨소리를 죽인 채 수화기 너머로 들려오는 그녀의 목소리에 귀를 기울였다. 여전히 미심쩍은 생각이 들었지만 신문사의 발행인이라는 사람이 자신의 신문사에 대해 뭐라고 말하는지 더 들어서 나쁠 것은 없었다. 나는 간간이 네, 아⋯ 네, 하는 소리로 내가 그녀의 말을 귀담아 듣고 있다는 것을 알려 주었다. 그러다 나는 차츰 그녀의 이야기에 빨려 들어갔다. 지금까지 수십 군데 이력서를 냈고 면접을 보러 오라는 연락을 많이 받아봤지만 이렇게까지 구구절절, 솔직하고도 간곡하게 면접을 보러 오라고 한 적은 없어서 고맙기까지 했다. 자기가 만드는 신문이 교육을 위한 신문이니만큼 평생을 바칠 사업이라고 말할 때는 마치 내게 경건한 다짐이라도 하는 듯했다. 어느덧 내 머릿속에는 오래전 영화에서 본 개화기 신여성의 얼굴이 그려지고 있었다. 그러자 지방의 작은 주간지가 마치 한 시대의 계몽을 책임지는 선구적 언론처럼 생각되는 것이었다. 마침내 나는 그녀의 손을 잡고 새 시대의 주역이 될 선진 신문사를 이끌고 나가는 일꾼이 되고 싶어졌다. 당장 그녀를 만나러 가고 싶었다. 그녀와 함께라면 두려울 것이 없겠다는 생각이 신념처럼 불끈 솟았다.

신문사는 시내에서 한참 떨어진 변두리에 있었다. 집 앞에서 버스를 타고 이십 분쯤 가다 천변도로가 끝나는 지점에서 내려 십 분 정도를 더 걸었다. 열흘이 넘게 계속되는 폭염 때문인지 거리에는 사람들이 보이지 않았다. 오래된 집들이 제멋대로 흩어져 있는 동네는 텅 빈 것처럼 조용했다. 뜨겁게 달궈진 보도의 열기가 얼굴에까지 닿았다. 보도를 덮은 시멘트 블록은 군데군데 들뜨고 깨져 있었는데 마치 맹렬한 열기를 견디다 못해 분화된 것 같았다. 울퉁불퉁 튀어나온 블록 조각들을 피해 걷느라 나는 몇 번이나 휘청거렸다. 구두굽이 블록 사이에 빠질 때마다 발뒤꿈치가 쓸렸지만 면접 시간에 늦을 까봐 걸음을 재촉했다. 점점 이마가 달아올랐다. 어디든 그늘진 곳을 찾아 숨고 싶었을 때 저만치 신문사가 있는 빌딩이 보였다. 단숨에 달려가고 싶었지만 이젠 한 걸음 내디딜 때마다 아프게 발을 조이는 구두 때문에 그럴 수도 없었다. 집을 나설 때부터 오랜만에 꺼내 신는 구두가 불안하더라니. 한 벌뿐인 여름 정장에 어울리는 구두 역시 단 한 켤레뿐이라 선택의 여지가 없었다. 그 사이 발볼이 더 넓어진 것인지 발가락뼈들이 진저리를 쳤다. 간신히 빌딩 안으로 들어간 나는 화장실부터 찾았다. 찬물을 양팔에 끼얹으며 열기를 식혔다. 구두를 벗어보니 미리 붙여놓은 일회용 밴드는 구겨진 채로 발바닥에 붙어 있고 그새 뒤꿈치에 물집이 잡혔다. 가방에서 새 밴드를 꺼내 붙이고 나와 엘리베이터를 찾았다. 하지만 건물 안에는 엘리베이터가 없었다. 가슴속에서 불길이 치솟는 것 같았다. 경사가 가파른 계단을 밟고 한 층 한 층 올라가는 동안 이마에서 땀이 비 오듯이 흘렀다. 오 층이 아니라 십 층, 십오 층을 오르는 것만 같았다. 마침내 오층 신문사 사무실 앞에 다다랐을 때 나는 숨을 헐떡이며 난간의 끝을 잡고 숨을 골랐다. 뒤꿈치가 불에 덴 듯 아팠다. 다시 구두를 벗어보니 물집이 터지고 피가 맺혀 있었다. 밴드를 새로 붙이려고 가방을 뒤적이는데 안에서 누군가가 걸어 나왔다. 나는 얼른 구두를 꿰어 신고 똑바로 섰다.

 - 정 기자, 찾아오느라 힘들었지?

 - 아뇨, 금방 찾았어요. 간판이 크게 걸려 있어서요.

나는 허리를 굽혀 깍듯이 인사했다. 전화통화로 들었던 목소리, 발행인 여자가 분명했다. 고개를 숙이는 짧은 순간 얼굴이 화끈 달아올랐다. 아직 신문사에 출근하기로 한 것도 아닌데 벌써 기자라고? 그 순간 나는 중대한 사실을 깨달았다. 그것은 바로 그때까지 내가 단, 한, 번, 도, '기자'가 되겠다는 생각을 해본 적이 없다는 사실이었다.

수수한 차림에 기자나 작가다운 포스가 있을 거라는 내 상상과는 달리 발행인은 화려하고 세련된 인상이었다. 진한 향수 때문에 방금 전까지 백화점 수입화장품 매장에서 향수를 고르다가 갑자기 내 앞에 나타난 것만 같았다. 그녀는 만만한 사촌 여동생 대하듯 내 팔을 잡아끌고는 사무실 한가운데 놓인 원형 탁자 앞에 앉혔다. 그리고는 날개가 커다란 선풍기를 내 쪽으로 돌려 방향을 고정시켰다. 순식간에 거친 바람이 와락 얼굴을 덮쳤다. 숨쉬기가 힘들었다. 탁자 위에 놓인 신문들이 사납게 펄럭거리다 바닥으로 떨어졌고 내 긴 머리카락은 땀 젖은 얼굴에 들러붙었다. 내가 헝클어진 머리카락을 채 수습하기도 전에 발행인은 오늘부터 출근하는 걸로 하자고 했다. 그리고는 집게손가락으로 책상 쪽을 가리켰다. '궁금한 게 있으면 저기 기자들에게 물어보구.' 내가 정신을 차리지 못하고 있는 사이 그녀는 악어가죽 핸드백을 그러쥐고 사무실을 나가버렸다. 나는 아직 아무 말도 하지 못했는데 면접은 그게 전부였다.

그때 저쪽에 앉아있던 키 작은 여자가 다가왔다. 편집을 맡은 한 기자라고 했다. 그녀는 탁자위에 흩어진 신문을 모아 구석에 놓인 종이상자에 팽개치듯 던져 넣고는 얼음물 한 잔을 갖다 주었다. '에어컨이 고장 났거든요.' 나는 얼음이 가득 든 컵을 양손으로 감싸 쥐었다. 그 순간 나는 물고기가 아가미로 숨 쉬듯이 손바닥으로 숨을 쉬는 변종이 된 것 같았다. 살 것 같았다. 얼음물 한 잔을 다 마시고 나자 사무실 안이 눈에 들어왔다. 한은 턱짓으로 출입구를 가리켰다. '원래 저래요.' 나는 한에게 웃음을 지어보려 했지만 굳어진 얼굴이 제

대로 펴지질 않았다. 발행인의 이상한 면접 때문이 아니라 궁색한 사
무실 살림살이 때문이었다. 정말 그녀가 말한 대로 월급을 제때 받
을 수 있을지 의심스러웠다. 지금이라도 그냥 일어나 집에 갈까 싶었
지만 구두 속에 든 발이 터져나갈 듯 쓰라렸다. 거기다가 나는 당장
일자리가 필요했다.

　나는 빈 책상으로 가서 앉았다. 책상 위에는 뽀얗게 먼지가 내려앉
아 있었다. 물휴지로 책상을 닦고 서랍을 열어보는 사이 최 기자로부
터 신문꾸러미 하나를 받았다. 지나간 신문을 차례로 묶어 놓은 것
이었다. 최는 이전에 발행된 신문을 차례로 읽어보고 어떤 기사를 주
로 다루는지 파악하라고 했다. 그녀는 내가 자기들이 만든 신문을
한 번도 본 적이 없다는 것을 다 알고 있다는 듯이 말했다. 마흔 몇
살쯤 되었을까. 발행인보다 서너 살은 더 많아 보이는 최의 얼굴에는
기미가 짙게 내려앉아 있었다. 최는 자기 책상으로 돌아가 자신의 노
트북 모니터를 내 쪽으로 돌려주며 종이신문을 다 읽고 나서 인터넷
기사와도 비교해 보라고 했다. '지면에 다 싣지 못하는 글이나 사진은
인터넷에 올려요. 아주 가끔이지만.'

　신문은 '교육신문'이라는 타이틀에 걸맞게 교육계 관련 뉴스와 기
획기사가 많았다. 지면마다 학원 광고가 있었다. 교사 동정이나 교육
정책을 곳곳에 끼워 넣어 간신히 광고지라는 혐의를 벗어나는 것 같
았다. 신문을 보면 볼수록 이런 신문사에 다녀도 괜찮을까 싶은 걱정

이 더 커져갔다. 삼 개월의 수습 기간이 지나고 정식 기자가 된다고 해도 보수가 얼마 되지도 않았다. 내가 아는 사람들 중에 '미래교육 신문'을 아는 사람은 둘 뿐이었다. 둘 다 학원 강사를 하는 친구들이었다. 그들은 내가 이 주간 신문사에 이력서 내는 것을 만류했다. 직원 채용공고가 자주 나오는 데는 다 이유가 있는 거라고, 월급을 제때 안 주거나 사람을 힘들게 부리거나 둘 중에 하나일 거라고 했다. 그럼에도 불구하고 나는 이력서를 냈다. 아무래도 최저 시급을 받는 아르바이트 보다는 나을 것 같았다. 그동안 이력서를 내고 면접을 보러 다니느라 저녁시간대의 아르바이트만 한 지도 이 년이 지났다. 늙은 외삼촌의 방앗간은 일거리가 없어 공치는 날이 많았고 외숙모는 무릎 수술 날짜를 기다리고 있었다. 그렇지 않아도 퇴행성관절염을 앓고 있던 외숙모는 초록불이 깜박이는 걸 보고 급하게 횡단보도를 건너려다 길바닥에 무릎을 박으며 고꾸라졌다. 외숙모의 귀에도 선명하게 들렸다던 무릎 뼈 바스라지는 소리. 나는 도무지 상상이 되지 않았지만 외숙모는 그 말을 하면서도 온몸을 떨었다. 외숙모의 오른쪽 무릎 뼈가 바스라지지 않았더라도 나는 당장 일자리를 구해야만 했다.

선풍기 날개가 돌아갈 때마다 머리카락이 흩날렸고 그때마다 머릿속이 흔들렸다. 도무지 읽을 만한 게 없는 신문을 뒤적이며 책상 앞에 앉아 있는 것은 고역이었다. 지나간 신문을 뒤적이며 새로 부임한 수많은 교장선생들과 인기 많은 학원 강사들의 얼굴을 보았다. 그들은 모두 웃고 있었지만 도무지 친근하게 와닿지가 않았다. 여섯 시가 되자 한은 책상 위에 늘어놓았던 립스틱과 손거울을 핸드백에 챙겨 넣었다. 그때 날카로운 구두 굽 소리가 계단을 울렸다. 유난스레 또각 거리는 쇳소리가 귀에 거슬렸다. 누구인지 대번에 짐작이 갔다. 얼굴을 마주 한 시간은 불과 오 분 남짓했지만 그녀와 그녀의 구두 굽 소리는 벌써 내 머리 속에 완전하게 각인되어 있었다. 발행인은 사무실에 들어서자마자 핸드백을 의자에 던지고는 어디론가 전화를 걸었다.

'독수리가 좋겠어요. 날개가 크고 잘 생긴 독수리요. 뭣보다 날갯죽지가 힘차 보이는 게 중요해요. 그렇죠. 눈빛이 살아있고 부리도 날카롭게 보이는 걸로. 네, 네. 금방이라도 날아오를 것 같이 멋진 독수리로요.'

책상 끝에 엉덩이를 반쯤 걸치고 서 있던 발행인은 통화하는 내내 손톱 끝으로 책상 위에 깔린 유리를 두드렸다. 따닥따닥. 창으로 들어오는 오후의 햇빛이 그녀의 손톱 끝에서 잘게 부서졌다. 점점 내 눈꺼풀이 떨리기 시작했다. 처음엔 가늘게 조금 떨리다가 점점 더 빠르게 깜빡거렸다. 머리카락처럼 가느다란 무언가가 살갗을 찌르는 것 같았다. 온몸의 땀구멍들이 한꺼번에 조여드는 것처럼 찌릿하고 따끔거렸다. 오랫동안 잠잠했는데 병이 다시 도지는 것은 아닌지 불안했다. 나는 아무도 눈치 채지 못하게 슬며시 손바닥으로 눈자위를 문질렀다. 가슴이 두근거렸다. 흐릿한 눈을 깜빡이며 주위를 둘러보았다. 최와 한은 통화 내용이 궁금해서 못 견디겠다는 표정으로 발행인만 쳐다보고 있었다. 아무도 내게 눈길을 주지 않아 마음이 놓였다.

수화기를 잡은 발행인의 두 눈은 과녁을 확인하는 궁수처럼 빛나고 있었다. 허공을 응시하고 있었지만 마치 눈앞에 있는 무언가를 노려보는 것 같았다. 두 기자들은 발행인이 통화를 끝낼 때까지 몇 번이나 서로 눈길을 마주치며 영문을 알 수 없다는 듯 고개를 좌우로 흔들었다. 통화를 끝낸 발행인이 또각또각, 벽에 걸린 일정표 앞으로 걸어갔다. 그리고는 붉은색의 굵은 매직펜으로 8월 15일의 일정표 한 칸을 가득 채웠다. '오후 5시. 미성호텔. 창간 3주년 기념행사.' 매직펜 뚜껑을 닫으며 뒤돌아선 발행인은 기자들을 향해 선언하듯 말했다. '보름 뒤에 미성호텔에서 창간기념행사 할 거야! 그런 줄 알고. 이상!'

발행인과 두 기자가 창간기념행사에 대해 이야기하는 동안 나는 갑자기 홀가분한 마음이 들었다. 눈꺼풀이 떨리던 것도 거짓말처럼 사라졌다. 내일 아침에 출근을 해야 할지 말아야 할지 고민하던 게 저절로 해결됐기 때문이다. '창간기념행사' 덕분이었다.

그때까지 나는 한 번도 파티나 큰 행사장에 가본 적이 없었고 얼음조각을 직접 본 적도 없었다. TV드라마나 영화에서만 보았던 멋진 얼음조각을 직접 볼 수 있다는 데 생각이 미치자 나는 단번에 마음의 결정을 내렸다. 반짝반짝 눈부시게 빛나는 얼음독수리를 보고 나서 이 이상한 신문사를 그만둬도 괜찮을 것 같았다. 더군다나 밤낮없이 숨이 막히는 더위가 계속되는 한여름에 근사한 호텔에서 뷔페를 즐길 수 있는 기회가 내 생애 또 있을까 싶었다. 하필 그 얼음조각이 독수리라는 게 마음에 들지 않았지만 상관없었다. 내 머릿속에 사는 못생긴 검은 대머리수리 때문에 파티를 포기할 수는 없었다. 나는 보름 뒤에 맞이하게 될 내 생애 처음의 파티를 위해서라도 내일 아침 가뿐하게 출근할 수 있을 것 같았다.

출근한 첫날부터 내가 해야 할 일은 주요 일간지의 기사를 스크랩하는 것이었다. 따분했다. 당장 돈을 벌 수 있는 곳이라면 어디라도 괜찮다는 생각에 이력서를 넣은 것인데 이대로라면 아무런 비전이 없었다. 흔하고 흔한 게 뉴스고 손가락으로 터치만 하면 언제든지 금방 입력된 따끈한 소식을 알 수 있는 세상에 남들이 다 읽어버린 뉴스를 짜깁기한다는 것은 못할 노릇이었다. 꼭 필요한 정보만을 요약해서 제공한다는 데 의의가 있다 하더라도 일주일에 한 번 전하는 뉴스는 아무것도 새로울 게 없었다. 출근 첫날 반나절도 못가서 나는 확실하게 깨달았다. '미래교육신문사'에는 나의 미래가 없다는 것을. 그래도 이왕에 발을 디뎠으니 버틸 때까지 버티면서 다른 곳에 이력서를 넣는 게 나을 것 같았다. 오늘 아침에 확인한 구인공고에도 경력 직원을 뽑는 회사뿐이었다. 아무 것도 하지 않는 것보다는 불안한 신문사라도 출근을 하는 게 백번 나을 것 같았다. 거기다가 외숙모의 무릎통증이 점점 심해지는 것과 한낮의 수은주가 39도를 넘어선 것 말고는 아무 일도 생기지 않는 내게 특별한 파티가 기다리고 있지 않은가. 그것만으로도 나는 모든 것을 견뎌 낼 수 있었다. 에어컨이 작동되지 않아 푹푹 삶겨질 것 같은 더위도, 우- 웅- 거리는 낡은 선풍기 날개 소리도, 발행인의 날카로운 구두 굽 소리도 다 견뎌낼 수 있었다. 얼음물로 더위를 식히며 기사를 스크랩 하고 사무실 청소를 하는 것쯤은 거뜬히 해낼 수 있었다. 발행인이 눈빛을 빛내며 주문했던 얼음독수리를 볼 때까지 만이라도 잘 버텨내고 싶었다. 하지만 하루하루 출근 일수가 늘어날 때마다 내겐 좀 더 새롭고 굳건한 각오가 필요했다.

아직까지 단 한 번도 에어컨 수리 기사가 다녀간 적이 없었다. 그 누구도 에어컨 수리 기사 얘기를 꺼내지도 않았다. 발행인과 최는 매일 아침 회의가 끝나자마자 사무실을 나가 퇴근시간이 다 되어서야 돌아왔다. 외근을 핑계로 더위를 피해 시원한 곳을 찾아가는 게 분명했다. 나는 날마다 한과 둘이서 사무실에서 점심을 먹었다. 그때마다 나는 한에게 에어컨에 대해 물어보았다.

– 곧 새 걸로 바꿀 거래.

– 언제요? 여름 다 지난 뒤에요?

– 아무래도 기대하지 않는 게 나을 거야. 어쩌면 전기요금 때문에 수리 기사를 부르지 않은 건지도 모르지. 나한테는 벌써 불렀다고 했지만 내가 직접 본 건 아니니까.

지난 가을에 입사한 한도 에어컨이 작동되는 것을 본 적 없기는 나와 마찬가지였다. 그나마 신문사에서 보내는 여름이 나보다 몇 날 더 된다고 이젠 더위쯤이야 이골이 났다는 듯 퉁명스럽게 말했다. 하지만 한은 여전히 책상용 선풍기를 바짝 당겨두고 편집을 했다. 수시로 회전의자를 돌리고 앉아 분무기로 허공에 얼음물을 뿌린 다음 얼굴을 뒤로 젖히는 것도 잊지 않았다. 긴 속눈썹을 살며시 내리깔고는 분사된 물방울이 얼굴 위에 고루 떨어지기를 기다릴 때의 한은 마치 이슬을 머금은 숲의 여신이라도 된 것 마냥 미소를 짓곤 했다. 나는 찜통 같은 더위 속에서도 그런 표정을 지을 수 있는 한이 마냥 신기할 뿐이었다.

미래교육신문사에서 기사다운 기사를 쓰는 사람은 최뿐이었다. 중앙 일간지와 지방 일간지에서 이슈가 되는 시사뉴스를 뽑아 짜깁기하는 것을 뺀 나머지 기사는 모두 최가 썼다. 최가 쓰는 기사는 교육에 관한 기획기사나 인터뷰 기사가 중심인데 교육행사 현장을 찾아가 취재를 하고 오기도 했다. 광고를 받아오는 것은 발행인의 몫이었다.

발행인은 광고를 잘 따왔다. 광고를 실어야겠다고 마음먹은 학원이나 업체가 있으면 기어코 광고를 받아내고야 말았다. 큰 광고 지면은 청소년 캠프장, 학원 전문 인테리어업체, 정수기 회사 등의 광고가 중심이었다. 굵직한 광고 사이에 미술학원이나 피아노학원, 수많은 보습학원의 광고가 들어갔다. 가끔 꽃집 광고가 실리기도 했다. 광고주로 점찍은 상대와 통화를 할 때 발행인은 사람을 녹일 듯 나긋나긋한 목소리로 대화를 이끌어 가다가 상대가 거절할 수 없을 것 같은 순간을 포착해서 원하는 것을 요구했다. 그녀는 상대방의 마음을 움직이게 하는 노련한 화술을 가지고 있었다. 한은 최가 쓴 기사와 스크랩한 기사들을 먼저 편집한 뒤 광고가 들어오면 나머지 지면을 알아서 채웠다. 16면 타블로이드판 주간 신문은 그렇게 세 사람만으로 만들어졌고 신문과 광고지의 경계를 아슬아슬하게 넘나들며 창간 3주년을 맞이하는 것이었다.

　신문사에 출근하고 나서 처음으로 신문이 인쇄되어 나오던 날 아침이었다. 버스에서 내려 걸어가던 나는 도로변에 세워진 SUV 차량에서 신문 뭉치를 내리는 발행인을 보았다. 긴 머리카락을 뒤로 질끈 묶고 엉덩이부터 종아리까지 짝 달라붙는 청바지를 입은 발행인은 금방 오프로드 경주를 마치고 온 드라이버 같았다. 그때 나는 처음 발행인의 전화를 받던 날처럼 가슴이 설렜다. 저렇게 열심히 일하는 발행인과 함께라면 어떤 새로운 희망을 가져볼 수도 있을 것 같았다.

내가 처한 이 상황이 고난의 시기라면, 이런 정도의 고난쯤이야 마땅히 극복해 나가야 하는 것 아닌가 하는 생각도 들었다. 나는 발행인에게로 달려갔다. 그녀를 도와 차에서 신문 뭉치를 내리고 그것들을 오층 사무실까지 들어올렸다. 사무실로 신문을 모두 옮기고 나서는 미리 주소를 인쇄해 놓은 봉투에 신문을 넣어야 했다. 봉투 작업이 끝난 신문은 우체국으로 보내져 시내의 초중고 학교와 학원으로 배달됐다. 신문을 나르는 일은 매주 목요일 아침마다 해야 하는 일이었다. 그날 저녁 파김치가 된 나는 온몸에 파스를 붙이면서 수습기자를 자주 뽑는 이유를 깔끔하게 정리했다. 창고에 가득 쌓여 있는 상패를 정리할 때부터 알아챘어야 했다. 창고 박스 안에는 백일장, 피아노대회, 태권도대회, 미술대회, 발레대회 등 각종 경연대회의 상패가 가득 들어 있었다. 그 모든 대회의 공동 주관에 '미래교육신문사' 이름이 박혀 있었다. 수많은 대회의 상장과 상패를 주문하고 대회가 끝나면 그것들을 각 학원으로 나눠주는 일도 수습기자가 하는 일이었다. 그래서 미래교육신문사에는 언제나 새로운 수습기자만 오고 갔던 것이다.

컵 표면에 맺혀 있던 물방울이 아랫입술을 타고 흘렀다. 손등으로 입술을 훔친 나는 다시 정수기 앞으로 갔다. 그때 발행인이 들어왔다. 나는 가볍게 고개를 숙이며 인사했다. 집게손가락에 끼운 열쇠고리를 빙글빙글 돌리던 발행인은 내 쪽으로 고개를 돌리지도 않고 '응' 하고 짧게 답했다. 발행인이 사무실 한가운데를 가로질러 갈 때 향수 냄새가 선풍기 바람에 날려 왔다. 어제와는 다른 향수였다. 나는 재채기가 터지려는 것을 참으며 자리로 돌아와 몸을 숙이고 발뒤꿈치를 문질렀다. 벌써 양쪽 뒤꿈치가 부풀어 올랐다. 면접 보던 날에 입었던 원피스를 다시 꺼내 입고 불편하기 짝이 없는 구두까지 신은 것은 특별히 옷차림에 신경 써달라는 발행인의 주문 때문이었다. 그토록 손꼽아 기다리던 파티였지만 나는 새 구두를 장만할 수가 없었다. 여전히 발뒤꿈치가 뻣뻣한 싸구려 에나멜 구두를 다시 꺼내 신는 것은 정말로 끔찍했지만 미리 사 둔 대용량 밴드 한 통으로 버티는 수밖에 없었다.

발행인은 자리에 앉자마자 책상 밑을 살피더니 한복 상자를 들어올렸다. 한 달 전에 서울에 올라가 맞춘 한복이 빨리 도착하지 않는다며 수차례 전화를 걸어 재촉했던 게 어제 저녁에야 도착했던 것이다. 발행인은 조심스레 황금빛 비단 보자기를 풀었다. 상자를 열어 진분홍 저고리를 꺼내들고 벽에 걸린 거울 앞으로 다가갔다. 가슴께로 저고리를 펼쳐보더니 이내 옷상자를 통째로 들고 탕비실로 들어갔다. 조금 뒤에 한복으로 갈아입은 그녀가 밖으로 나왔다. 광대뼈가 도드라진 얼굴이 붉게 상기되어 있었다.

— 어때? 괜찮지? 응?

– 네, 멋있어요. 어쩜 그렇게 잘 어울리세요?

발행인이 거울 너머로 나를 바라보며 자신의 모습이 어떠냐고 물었을 때 나는 반사적으로 멋있다고 대답했다. 하지만 그 말은 진심이 아니었다. 내 눈에는 한복이 지나치다 싶을 만큼 화려해 보였지만 굳이 그녀의 들뜬 기분을 망치고 싶지는 않았다. 그녀는 서둘러 한복을 벗어 도로 상자에 넣고는 총총걸음으로 사무실을 빠져나갔다. 우-웅- 거리는 선풍기 날개 소리 사이로 또각또각, 경쾌한 구두 굽 소리가 번졌다.

멀리 창밖으로 내다보이는 강은 여러 날 전부터 바닥을 훤히 드러내고 있었다. 보도 곳곳에는 더위를 피할 수 있는 임시 천막이 설치되었고 한낮에는 살수차가 몇 번씩 도로 위에 물을 뿌리기도 했다. 그래도 살인적인 더위는 지치지 않고 나무들과 사람들의 물기를 빨아들이고 있었다. 이렇게 찜통 같은 더위 속에 에어컨도 켤 수 없는 사무실에 앉아 있다는 것은 정말 미친 짓이었다. 시립도서관 열람실이 너무나도 그리웠다. 나는 선풍기 앞에 얼굴을 들이대고 앉아 속으로 결심을 굳히고 있었다. 오늘까지야. 진짜, 오늘까지만이야! 편의점에서 일할 때가 정말 좋았다는 생각이 절로 들었다.

내가 한숨을 내쉬며 발뒤꿈치를 주무르는 사이 한은 사무실 바닥에 물을 뿌리면서 에어컨 밑동을 발로 찼다. 이어 분무기를 들고 허공에 권총을 쏘아 대듯 물을 뿌려대며 사무실 안을 빙빙 돌았다. '더위 때문에 다들 제정신이 아니라니까. 나까지 머리가 어떻게 되기 전에 당장 그만둬야 해.' 나는 한시라도 빨리 행사가 열리는 호텔로 가고 싶었지만 최가 일을 끝낼 때까지 기다려야만 했다. 우리는 모두 최의 차를 타고 발행인이 예약해 둔 미장원에 들러 머리 손질을 한 다음 호텔 행사장으로 가기로 되어 있었다.

최가 시키는 대로 나는 사무실 뒷정리를 하고 서랍에서 명함을 꺼내 챙겼다. 최는 내게 행사장에서 사람들에게 인사할 때마다 명함을 주라고 했다. 그래야 언제라도 취재할 일이 생길 때 수월하다는 것이다. 몇 차례 최를 따라 다니며 인터뷰를 하고 기사 쓰는 법을 배웠지만 내 명함을 건네준 사람은 두 사람뿐이었다. 학원연합회에서 교육분과장을 맡고 있는 입시학원장과 학원 전문 인테리어업체의 사장이었다. 학원 개업 공사와 오래된 학원의 리모델링 공사를 주로 하는 인테리어업체는 신문사의 큰 광고주이기도 했다. 그들에게 명함을 내밀 때 나는 속으로 얼마나 부끄러웠는지 모른다. 기사를 전혀 쓰지 않는 내가 기자라며 모르는 사람에게 인사를 하다니! 나는 최에게 내일이면 그만둘 거라고 말하려다 말고 명함을 가방에 챙겨 넣었다. 그것은 그동안 내게 뭐라도 가르쳐 주려고 애쓴 최에 대한 최소한의 예의였다.

한은 컵 속에 든 얼음을 꺼내 오도독, 오도독 깨물었다.

– 이건 정말 서프라이즈야! 그렇지 않아? 요따만한 것도 신문사라고 창간기념행사를 다하고 말야.

한의 말대로 나 역시 서프라이즈 파티를 하는 기분이 들었다. 대단하지도 않은, 아니 발행인을 포함해 정직원이 달랑 셋 뿐인 주간 신문사에서 창간기념식을 한다는 것도 웃기는 일인데 그것도 특급호텔 연회장에서 행사를 치른다니 영문을 알 수가 없었다.

 – 그리구, 어쩜 우리한테 한 마디도 안 할 수가 있냔 말이야. 아무리 생각해도 이건 너무해. 자기가 생각해도 너무 한 거 맞지? 하긴, 너무 한 게 한두 가지라야 말을 하지? 그냥 그런가 보다 하고 따라가는 수밖에…….

보름 동안 생각날 때마다 분을 터트리며 똑같은 말을 되풀이하는 한에 비해 최는 이렇다 저렇다 하는 말이 없었다. 제 정신을 차리려고 안간힘을 쓰는지도 몰랐다. 그 사이 최의 얼굴에는 기미가 더 늘어난 것 같았다.

우리는 앞쪽 범퍼가 찌그러진 최의 빨간 경차를 타고 발행인이 일러준 미용실을 찾아갔다. 최는 시누이 결혼식 날에도 안 간 미용실을 다 간다며 입을 삐죽거리기는 했지만 아주 싫은 기색은 아니었다. 미용실에는 벌써 머리 손질을 끝낸 발행인이 말끔하게 다려진 한복을 입고 앉아 있었다. 카메라를 든 채 그 옆에 서 있던 낯선 여자가 최에게 알은체를 했다. 발행인의 부탁을 받고 서울에서 내려 온 사진 작가라고 했다. 중년의 사진작가는 배꼽과 허리가 훤히 드러나 보이는 짧은 민소매 상의에 하늘거리는 붉은색 통바지를 입고 있었다. 사진작가가 걸음을 옮길 때마다 기다란 금속귀걸이와 바지에 촘촘하게 달린 유리구슬과 스팽글들이 찰랑거렸다. 눈가에 검은 마스카라를 짙게 칠한 그녀는 화려한 분장을 끝내고 무대에 오르기를 기다리는 벨리댄서 같았다. '의상이 마음에 들지 않으면 사진을 찍을 때 필이 오지 않거든요.' 우리가 자신의 옷차림에 보내는 눈길을 두고 하는 말이었다. 발행인이 한복의 매무새를 고치며 소파에 자리를 잡고 앉자 사진작가는 연신 셔터를 눌렀다. 긴 머리를 위로 틀어 올린 발행인이 카메라를 향해 얌전하고 다소곳한 표정을 지었다. 사진작가가 셔터를 누르며 이리저리 자리를 옮길 때마다 그녀의 미어져 나온 옆구리 살이 출렁거렸다. 사진 찍기를 마친 발행인은 소파 테이블 앞으로 우리들을 불렀다. 핸드백에서 하얀 봉투 세 개를 꺼낸 그녀는 한 사람 앞에 하나씩 그것을 나눠주었다. 줄곧 통장으로 이체시켜 주던 월급을 한번쯤은 봉투에 넣어 직접 줘보고 싶었다고 했다. 나도 보름치의 수습급여를 받았다. 아침에 사무실에서 줘도 될 것을 굳이 다른 사람들이 보는 미용실에서 월급봉투를 내미는 그녀의 속내를 알 것도 같았다.

사진작가의 머리 손질을 해 주던 미용실 원장이 발행인과 눈을 맞추었다.

　- 윤 사장, 이번에 시의원에 출마할 거라며?

　- 아, 그거요? 몇 해 전부터 말이 있었는데, 신문사 일이 워낙 바빠서요.

　- 그렇게 바빠서야 어디 시집이라도 가겠어요? 홀아비 신랑 목 빠지게 기다리는구만.

발행인은 갑자기 안색을 바꾸더니 사진작가를 데리고 먼저 미용실을 빠져나갔다. 두 사람이 나가자마자 미용실 원장은 참았던 웃음을 터뜨렸다.

　- 저 여자는 꼭 저렇게 입어야 '필'이 산다고 그러네요? 얼마나 필 좋은 걸 찍으려구?

　- ……

누구도 원장의 말에 맞장구치며 같이 웃어 주질 못했다. 최와 한과 나는 각자 젊은 헤어디자이너들에게 머리를 맡기고 앉아 거울을 쳐다볼 뿐이었다. 잠깐 시큰둥해 하던 원장은 곧 아무렇지도 않은 듯 발행인이 조만간 미성호텔의 안주인이 될 거라고 했다. 그녀가 시의원에 출마한다는 얘기도 그냥 떠도는 헛소문이 아니며, 아내와 사별하고 혼자된 호텔 사장과 사귀는 게 알려지고부터 출마설이 나돌았다는 것이다. 최와 한은 기가 막혀 말이 안 나오는 모양이었다. 서른 아홉 올드미스 발행인의 갑작스런 결혼 소식이 놀랍기도 했지만 그보다 더 황당한 것은 그런 소식을 미용실 원장에게서 들었다는 사실이었다. 더욱이 신문을 창간할 때부터 삼 년 내내 발행인과 같이 일한 최의 충격은 더 큰 것 같았다. 한솥밥을 먹어야 정든다며 사무실에 전기밥솥까지 가져다 놓은 발행인이 최에게조차 자신의 결혼에 대해 한 마디 하지 않은 것은 나로서도 이해가 되지 않았다.

호텔 연회장 앞에는 수십 개의 화환이 겹겹이 세워져 있었다. 화환에 매달린 리본 중에는 불미스러운 일로 자주 뉴스에 등장한 시의원의 이름도 있었다. 나는 얼른 연회장 안으로 들어가 얼음조각부터 찾았다. 얼음독수리는 연회장 앞쪽 테이블 위에 날개를 활짝 펼친 채로 앉아 있었다. 투명한 빛을 내며 반짝이는 독수리는 멀리서도 눈이 부셨다. 좀 더 가까이에서 얼음독수리를 보고 싶었지만 발행인이 부르는 바람에 복도로 나와야만 했다. 발행인은 두 기자들과 나를 자신의 양옆에 나란히 세워 두고는 행사장 안으로 들어가는 손님들에게 정중히 고개 숙여 인사하고 가슴에 꽃을 달아주라고 했다. 한참을 그렇게 인사하는 와중에 아이들을 앞세운 한 무리의 사람들이 들어섰다. 발행인의 부모와 형제 가족들이었다. 여든이 훨씬 넘어 보이는 발행인의 아버지는 자신의 딸을 보자마자 반색하며 어깨를 쓰다듬었다. 한없이 자랑스럽고 대견한 모양이었다. 딸의 손을 꼭 잡아주는 그녀의 아버지를 보자 갑자기 베이징 어딘가에 있을 아버지 생각이 났다. 소식이 끊어진지 몇 년인지도 가뭇했다.

아버지의 손에 끌려 서우두(首都)공항에 내렸을 때 젊은 중국 여자가 마중을 나와 있었다. 일곱 살이었지만 서툰 한국말로 인사하는 그녀가 아버지의 젊은 중국인 아내라는 것은 알 수 있었다. 다음 해 나는 중국 아이들이 다니는 학교에 입학했다. 우리 반에서 외국인은 나 혼자뿐이었다. 입학하기 전에 중국어를 조금 배우긴 했지만 학교 공부를 따라갈 수는 없었다. 내가 2학년이 되었을 때 젊은 중국 여자는 아기를 낳았다. 그녀는 내게 잘 대해주었고 아기도 잘 돌봤다. 하지만 곧 보모에게 아기를 맡기고 아버지의 회사에 나가 일을 했다. 아버지와 젊은 중국 여자는 밤늦게 들어오는 날이 많아서 얼굴을 마주할 시간이 별로 없었다. 나는 말이 통하지 않는 중국인 아줌마가 해주는 밥을 먹고 조선족 과외교사에게서 중국어와 영어를 배웠다. 그때부터 머리카락이 빠지기 시작했다. 처음엔 정수리에 조그마한 구멍이 생기더니 점점 더 커지는 것이었다. 나는 대머리가 될까봐 무서웠다. 하지만 대머리가 될지도 모른다는 두려움보다 나를 더 힘들게 한 것은 다른 아이들의 시선이었다. 아이들이 놀릴 때마다 나는 그들을 피하면서 조금씩 눈을 깜빡거리기 시작했다. 눈물을 참으려고 그런 것이었다. 어느 때부터는 나도 모르게 저절로 눈꺼풀이 깜빡거렸다. 나중에 다리를 심하게 떨기 시작할 때쯤에는 눈꺼풀이 제멋대로 뒤집히고 입술 끝이 심하게 떨리기까지 했다. 결국 나는 열 살 때 다시 한국으로 돌아왔다. 엄마가 있는 집이 아니라 외삼촌의 집이었다.

내가 돌아왔을 때 엄마는 이미 다른 남자와 결혼해서 다른 아이들의 새엄마가 되어 있었다.

　방앗간을 하는 외삼촌의 집은 조용했다. 대학생 외아들을 군대에서 잃어버렸기 때문이었다. 학교에서 돌아온 나는 집에서 혼자 놀다가 외숙모가 차려주는 저녁을 먹고 잠이 들었다. 가끔 대문 옆 창고에 들어가 놀기도 했는데 창고 안에는 방앗간에서 쓰다 망가진 커다란 플라스틱 대야나 기계의 부품들이 쌓여 있었다. 한쪽에는 오래된 신문과 잡지들을 쌓아두었다. 빛이 바래고 표지가 찢어진 책들 속에서 내 눈길을 사로잡은 것은 컬러사진이 많은 잡지였다. 무심코 펼쳐 든 잡지 속에는 티베트의 천장(天葬)을 담은 사진이 있었다. 사진 속에는 머리털이 없는 검은 독수리들이 죽은 사람의 몸을 쪼아 대고 있었다. 그날 밤 나는 고열에 시달렸다. 밤새도록 독수리의 날카로운 부리가 내 몸을 쪼아 댔는데 그 후로도 가끔 똑같은 꿈을 꾸곤 했다.

　연회장 안은 수많은 사람들로 북적거렸다. 일주일에 한 번 신문을 발행하는 지역 신문사의 기념행사에 그렇게 많은 사람들이 모였다는 게 신기할 지경이었다. 행사는 발행인의 대학 시절 지도교수의 축사로 시작했다. 교수는 재학 중에도 두각을 나타내던 자신의 제자가 기대를 저버리지 않고 젊은 창업가로, 교육 현장의 개척자로, 언론인으로 활약하고 있음을 자랑스럽게 여긴다고 했다. 또 몇 사람의 축사가 이어지고 나서 발행인의 인사가 있었다. 손에 든 원고도 없이 시작된 그녀의 인사말은 흐트러진 데 없이 끝까지 정연했다. 역시나 듣는 사람을 빨아들이는 강력한 힘이 있었다. 검은 마스카라의 사진작가는 춤을 추듯 연회장의 곳곳을 헤집고 다니며 사진을 찍었고 사람들은 가끔씩 그녀를 흘깃거리며 미묘한 웃음을 흘렸다. 소프라노 가수가 노래를 부르고 현악사중주를 끝으로 기념행사가 끝났다. 사람들이 뷔페 음식이 차려진 곳으로 몰려갈 때는 탱고가 흘러나왔다. 연회장은 금세 즐거운 파티 분위기로 바뀌었고 사람들은 건배를 외쳤다. 나는 얼음독수리 앞으로 갔다. 가까이 다가서자 얼굴에 냉기가 느껴졌다. 독수리의 날개는 샹들리에 불빛을 받아 눈부시게 반짝였다. 날카로웠던 부리가 조금 녹아내리기는 했지만 커다란 날개만은 그대로였다. 금방이라도 시원한 바람을 일으키며 날갯짓을 할 것만 같았다. 결이 곱고 투명한 얼음으로 조각된 독수리는 위엄 있고 근사했다. 나는 배고픈 것도 잊은 채 독수리의 날개 끝을 만져보았다. 손이 시렸다. 아주 잠깐, 어릴 적 꿈속에서 나를 낚아채고 머리카락을 잡아 뜯던 발톱이 스쳤다가 사라졌다.

음식이 바닥난 쟁반이 몇 차례 채워지는 동안 얼음독수리는 서서히 녹아내렸다. 녹기 시작한 얼음은 점점 더 빠르게 물방울을 떨어뜨렸다. 어느 새 근육질로 단단해 보였던 독수리의 몸체는 무겁고 둔해 보이는 얼음덩어리로 변해가고 있었다. 빛나던 눈과 날카로운 부리는 벌써 뭉그러지고 없었다. 흘러내린 얼음물로 바닥이 흥건하게 젖어 있었다. 시시했다. 찜통 같은 더위 속에서 보름이나 기다렸는데 고작 몇 시간 만에 녹아버리다니……. 배가 고팠다. 뒤늦게 허기를 느낀 나는 접시 가득 먹을 것을 담아 얼음독수리가 잘 보이는 자리에 앉았다. 천천히 배를 채우면서 독수리가 사라져 가는 것을 마지막까지 지켜보고 싶었다. 첫 번째 접시를 말끔하게 비우고 두 번째 접시를 비워가고 있을 때였다. 내가 앉은 뒤편 어디에선가 발행인의 웃음소리가 들려왔다. 나는 앉은 채로 뒤돌아 그녀의 얼굴을 찾아보았다. 사람들에 둘러싸여 있어서 그녀의 얼굴은 보이지 않았다. 배부르게 먹고 마신 사람들이 느긋한 표정으로 디저트를 즐기는 사이 사진작가는 발행인의 지도교수와 칵테일 잔을 부딪치고 있었다. 그녀는 가끔 음악에 맞춰 허리를 흔들기도 하고 고개를 끄덕이며 박자를 맞추기도 했다.

손님들이 하나 둘 연회장을 빠져나갈 무렵에는 얼음독수리의 힘차고 강단 있어 보이던 날갯죽지도 완전히 녹아 버렸다. 나는 식어버린 갈비 조각을 입에 넣으며 티베트의 독수리를 떠올렸다. 천장(天葬)을 지내는 잿빛 들판에서 무리지어 시체를 쪼아대던 독수리들을 나는 아직도 선명하게 기억해 낼 수 있었다. 더 이상 눈썹이 떨리지 않았다.

연회장 문 앞에서 발행인이 한복 자락을 여미며 손님들을 배웅하고 있었다. 모든 것이 만족스러운 표정이었다. 홀 안에 몇 사람밖에 남지 않았을 때 발행인은 중년의 신사와 나란히 호텔 복도로 걸어갔다. 그 남자는 내빈석에 앉아 있던 미성호텔 사장이 분명했다. 그들 뒤로 사진작가가 분홍빛 스팽글을 찰랑거리며 뒤따라 나갔다. 사진작가를 따라 교수가 나가고 발행인의 가족들이 웅성거리며 밖으로 몰려 나갔다.

사람들이 빠져나간 연회장 테이블 위에는 빈 접시와 음료수 병들이 즐비했다. 은색 쟁반 위에 반짝이며 들려 나왔던 유리잔들 속에는 마시다 남은 와인과 음료가 들었고 기름진 입술 자욱이 선명했다. 곧바로 여러 명의 호텔 직원들이 기다렸다는 듯이 빠른 걸음으로 들어왔다. 그들은 일사불란하게 테이블과 의자를 정리하기 시작했다. 캐리어를 밀고 온 여직원이 무표정한 얼굴로 테이블 위를 치우자 남자 직원들이 테이블과 의자를 옮겼다. 한때 독수리였던 얼음덩이는 물기를 잔뜩 머금은 채 방치되어 있었다. 불빛을 받아 번들거리는 얼음덩이는 왠지 멍청해 보이기까지 했다. 나는 가만히 다가가 고인 물에 손을 담가 보았다. 얼음독수리가 녹아내린 물은 그때까지도 차가웠다.

그때 한 남자가 옆으로 다가와 슬쩍 내 몸을 밀치고는 얼음덩이가 놓여 있는 테이블을 끌어당겼다. 그는 출구 쪽으로 방향을 잡고 커다란 테이블을 거칠게 밀었다. 출렁이던 얼음물이 내 구두 위로 튀었지만 남자는 내게 눈길조차 주지 않았다. 그저 테이블을 밀고 성큼 성큼 연회장을 빠져나갈 뿐이었다. 그가 지나가는 자리마다 얼음물이 흥건했다. 남자가 나간 문으로 청소 도구를 실은 캐리어를 밀고 다른 직원 둘이 들어왔다. 그때야 비로소 나는 그 자리에 나 혼자뿐이라는 사실을 깨달았다. 최와 한은 어디로 가버린 거지? 다시 신문사로 가야 하는 건가? 아니면 이대로 집으로 가도 되는 건가? 누구도 내게 그것에 대해 말해주지 않았다. 주위를 둘러보았지만 내가 어디로 가야 하는지를 말해줄 사람은 아무도 없었다.

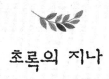

초록의 지나

_ 백양나무가 빼곡하게 늘어선 길은 한낮인
데도 어두웠다. 이 킬로미터 남짓한 가로수 길은 번화한 도심의 빌딩
들 사이에 숨어 있는 작은 숲 같았다. 깔끔하게 포장된 사 차선 도로
를 달리다가 사거리를 지나 그 길에 들어서는 순간 갑자기 시골 마을
의 상점 거리에 온 것 같은 착각이 들 정도로 도심과는 어울리지 않
는 곳이기도 했다. 도로 가장자리에는 포장되지 않은 좁은 보도(步
道)가 있고 보도를 따라 오래된 만두가게와 처마에 홍등을 매단 선
술집, 바닥에 흙먼지가 뽀얀 야채가게와 잡화점이 촘촘히 붙어 있다.
비록 택시나 버스를 타고 순식간에 지나갈 뿐이지만 길은 언제나 한
번도 가본 적 없는 후통(胡同)을 걸을 때처럼 은밀한 호기심을 불러
일으켰다. 누군가가 살고 있는 집의 낮은 울타리 안을 슬며시 엿보고
싶게 만드는……. 나는 그곳을 지날 때마다 가로수 길이 조금만 더
길었으면 좋겠다고 아쉬워했다.

하지만 그날만큼은 여느 때처럼 한가로운 마음이 들지 않았다. 한

시라도 빨리 지나를 만나고 싶었기 때문이다. 그런데 하필이면 그날 따라 택시가 전혀 속도를 내지 못했다. 차들이 워낙 길게 밀려 있어서 어디서부터 길이 막히는지 알 수도 없었다. 마음 같아서는 어떻게든 빨리 좀 가달라고 기사를 채근하고 싶었지만 왕복 이 차로가 꽉 막혀 버렸으니 어쩔 도리가 없었다. 답답한 마음에 나는 창밖으로 고개를 내밀고 앞쪽을 살폈다. 저만치 도로 가장자리에 수레가 보였다. 비쩍 마른 노인과 늙은 말이 이끄는 수레였다. 커다란 나무바퀴가 달린 수레위에는 검은 줄이 선명한 수박이 한 가득 실려 있었다. 말은 윤기 없는 꼬리를 찰랑이며 고개를 늘어뜨린 채 느리게 걸었다. 노인과 말은 금방이라도 길가에 주저앉을 것처럼 위태로워 보였다. 수레가 좁은 차로의 반을 차지하고 있다 보니 맞은편에서 차가 달려올 때마다 비켜가지 못한 차들이 멈춰서기를 반복했다. 그 바람에 길이 정체된 것이었다. 택시가 천천히 수레 옆을 지날 때 열린 창 너머로 구린내가 끼쳐왔다. 나는 얼른 고개를 차안으로 넣고 차창유리를 올렸다. 택시가 속도를 내기 시작했다. 마침내 가로수길이 끝나고 리두(麗都)호텔의 하얀 지붕이 보이기 시작했다. 그늘진 도로를 빠져나오자 갑자기 쏟아지는 햇빛에 눈이 부셨다.

지나가 사는 아파트까지 택시를 타고 갈 생각이었지만 기사가 근처 지리를 모른다고 했다. 하는 수 없이 호텔 정문 앞에서 내려야 했다. '뤼서지아(綠色家)'아파트가 호텔과 가깝다고 했으니 쉽게 찾을 수 있을 것 같았다. 하지만 큰 도로변에서는 '뤼서지아'라는 글자가 눈에 띄지 않았다. 아무래도 안쪽으로 한참 들어가 있는 모양이었다. 작년 가을 할로윈 데이를 앞두고 아들의 축제 의상을 사러 갔던 가게도 호텔 맞은편 상가에 들어 있고 가끔 중국어학원의 친구들과 모임을 가지는 카페도 이쪽에 있어서 익숙한 거리였지만 호텔 주변에서 아파트를 본 기억은 없었다. 더군다나 '초록색 집'이라는 특이한 이름이라면 한 번 스쳐 지나가기만 했어도 오래 기억에 남았을 텐데. 호텔 주위를 아무리 둘러봐도 아파트처럼 보이는 건물은 보이지 않았다. 나는 호텔 마당을 가로질러 로비 앞에 서있는 경비에게로 다가갔다. 얼굴이 앳된 경비는 호텔 뒤쪽 모퉁이를 돌아 골목으로 들어가라고 했다. 오른쪽에 보이는 건물이 '뤼서지아'라고. 그때서야 나는 지나가 사는 아파트가 고층건물이 아니라는 것을 알았다. 지나가 5층이라고 말했을 때, 나는 지나의 집이 A동 503호여서 5층이라고 말하는 줄로만 알았다. 그것도 모르고 고층아파트만 찾았으니 눈에 띌 리가 없었다. 호텔에 가려져 보이지는 않지만 어쨌든 '뤼서지아'가 바로 지척에 있는 것은 분명했다. 경비가 일러준 대로 호텔 담벼락을 따라 걷는데 무언가가 단단하게 어깨를 조여 왔다. 케이크 상자와 선물 가방 때문은 아니었다. 십여 년 만에 대학 후배를 만난다는 설레임이나 이국(異國)에서 한 번도 가보지 않은 집을 혼자 찾아가기 때문도 아니었다.

누군가가 양팔로 어깨를 거칠게 감싸 안으며 온몸을 조이는 것 같은 느낌은 점점 가슴을 짓누르고 있었다.

　지나의 소식을 들은 것은 보름 전 K의 결혼식에서였다. 방학을 맞은 아이들을 데리고 서울에 잠시 머물던 나는 몇 년 만에 대학 친구들을 만났고 거기서 K가 결혼한다는 소식을 들었다. 중국에 오기 전부터 소식이 끊겨졌던 K였다. 지나와 연락이 닿지 않을 즈음 K와도 연락이 뜸했는데 아직도 결혼을 안 했을 줄은 몰랐다. 누군가가 마흔세 살에 하는 동창의 결혼이니만큼 K의 결혼식에 꼭 가줘야겠다고 했다. 또 다른 친구는 K로부터 축의금 받은 게 있어서 꼭 가야 한다고 했다. 나는 망설여졌다. 어떻게든 K의 결혼식에 꼭 참석해서 축하해 주고 싶을 만큼 K와 가까운 사이는 아니었다. K가 내 결혼식에 온 것도 아니어서 가도 그만, 가지 않아도 그만이었다. 그러면서도 K의 결혼식에 참석한 것은 K의 남편에 대한 호기심 때문이었다. 친구들은 K의 연하의 남편에 대해 호들갑을 떨었다. 누구는 결혼식장에 가면 소식이 끊겼던 동창생들을 더 만날지도 모른다고도 했지만 나는 K의 어린 남편이 더 궁금해서 결혼식에 갔다.
　예식장은 하객들로 발 디딜 틈이 없었다. 낯익은 얼굴들을 여럿 만났고 거기서 지나가 베이징에 산다는 얘기도 들었다. 서로 손을 맞잡고 인사를 했지만 대학을 졸업한 지 이십여 년이 지나다보니 서먹하기도 하고 더러는 낯설기까지 했다. K도 그랬다. 신부 대기실에 앉아 있는 K는 예전에 내가 알던 그 얼굴이 아니었다. 그 누구도 나와 동갑이라는 사실을 믿지 않을 만큼 K는 젊어보였고 아름다웠다. 여덟 살이나 어린 신랑과 나란히 서 있어도 전혀 나이 들어 보이지 않는 K를 보며 우리는 시샘 가득한 찬사를 쏟아냈다. 그 속에는 자신의 처지를 한탄하는 깊은 한숨 소리까지 섞여 있었다. K가 너무 몰라보게 달라져 버려서 우리는 연하의 신랑에게 시큰둥해져 버렸다. 젊은 사업가와 미모와 재력을 다 갖춘 K의 결혼은 나무랄 데 없었다. 나는 낯선 사람 같은 K에게 애써 축하의 말을 해주고 안부를 물었다. 그리고 지나가 베이징에 산다는데 서로 연락하고 지냈냐고 물어보았다. K는 대답 대신 미간을 찡그렸다. 나는 K가 많이 피곤한가 싶어 자리를 피해 주었다. 예식이 끝난 뒤 우리들은 K부부와 기념사진을 찍고 뷔페식당으로 갔다. 우리가 식사를 다 끝냈을 즈음 식당에 온 K부부는 하객들에게 간단히 인사를 하고 서둘러 공항으로 떠났다. K는 몹시 피곤해 보였다.

베이징에 돌아오자마자 나는 지나에게 전화를 걸었다. 몇 번의 신호가 가고 지나가 전화를 받는 순간 가슴이 두근거렸다. 십여 년 만에 연락이 닿은 것이다. 한 시간 가까이 통화를 했으면서도 우리는 뭔가 할 말이 많이 남은 것처럼 아쉬웠다. 그래서 며칠 뒤에 만나기로 하고 전화를 끊었다. 그게 이틀 전이었다. 약속을 하루 남겨놓고 갑자기 지나를 찾아가게 된 것은 어젯밤에 걸려온 한 통의 전화 때문이었다. 밤 열 시쯤 잠자리에 들려는 참인데 국제전화가 걸려왔다. 한국의 국가번호가 아니어서 잠시 망설이긴 했지만 혹시나 하는 마음에 전화를 받았다. 전화를 건 사람은 뜻밖에도 K였다. 유럽 어딘가에서 신혼여행 중에 있을 텐데 어쩐 일인가 싶었다. 상대방이 K임을 확인하는 짧은 순간, 나는 K가 결혼식에 와줘서 고맙다는 인사를 하려나 했다. 하지만 답례 전화를 하기에는 아무래도 너무 늦은 시간이었다. 게다가 신혼여행 중에 그런 전화를 한다는 것도 이상했다. 나는 조심스레 K의 이름을 부르며 전화기에 귀를 기울였다. K의 목소리가 제대로 들리지 않았다. K는 잠시 알아들을 수 없는 작은 소리로 뭔가 중얼거리는 것 같더니 난데없이 집 얘기를 꺼냈다.

— 너, 집은 샀니?

— 집? 갑자기 집은 왜?

— 내가 집, 하나 사줄까? 너 아직 집 없으면 내가 한 채 사주려고…….

이번에는 K의 말소리가 또박또박 잘 들렸지만 도대체 무슨 뜻인지 알아들을 수가 없었다. 난데없이 집이라니? 나는 영문을 몰라 어리둥절한 채로 몇 번 더 K의 이름을 불렀다. 하지만 K는 대답도 없이 가만있다가 전화를 끊어버렸다. 영문을 모른 채로 당황한 나는 곧바로 K에게 전화를 걸었다. 하지만 그새 K의 전화기는 꺼져 있었다.

집을 사주겠다고? 왜? 술에 취한 걸까? 도대체 집을 사주겠다는 건 무슨 소리인지 알 수가 없었다. 내가 아직 집이 없다는 것을 알고 나를 놀리는 것인가? 밤이 늦어서 어디에 전화를 걸어볼 수도 없었다. 답답했다. 신혼여행에서 달콤한 시간을 보내야 할 k가 무슨 일로 국제 전화를 걸어 뜬금없이 내게 집을 사주겠다는 것일까? 부모나 형제, 친척도 아닌 그저 그렇게 알고나 지내는 친구가 내게 집 한 채를 사주겠다는 게 온당한 일이기나 한가? 그런 말도 안 되는 소리를 하는 것은 나를 놀리려는 짓인가? 그래, 내가 아직 집이 없다고 비웃는 게 틀림없다. 위로하고 동정하는 척하면서 놀리는 것도 아니고 다짜고짜 수억 원 하는 집을 사주겠다는 것은 나를 조롱하는 수작이 분명했다.

도무지 잠이 오지 않았다. K가 내게 전화를 건 이유가 무엇인지 아무리 생각해 봐도 짚이는 게 없었다. 그리고 K가 뜬금없이 꺼낸 집 얘기는 오 년 전 빈털터리가 되어 베이징으로 오던 때를 떠올리게 했다. 살던 집을 처분해서 빚을 갚고 빈손으로 내 나라를 떠나온 내게 집은 아직 덜 굳은 상처딱지 같았다. 아물지 않은 상처는 그 집에 살기 위해 우리 부부가 허덕이고 애쓴 기억들까지 송두리째 들춰냈고 그것들이 모두 쓸려 나갈 때의 처참한 심정까지 생생하게 떠올려 주었다. 아픈 기억은 왜 또 그렇게 선명하게 마음에 새겨지는지…….

결국 뜬 눈으로 뒤척이다 밤을 지새우고 말았다. 날이 밝자마자 나는 또다시 K에게 전화를 걸어보았다. 분명히 신호는 제대로 가고 있었지만 전화를 받지 않았다. 결혼식에 함께 갔던 서울의 친구에게 전화해 봐도 K가 왜 그러는지 모르겠다고 했다. 그때 지나 생각이 났다. K를 아는 누군가와 어젯밤의 일을 얘기하지 않으면 견딜 수가 없을 것 같았다. 지나는 선뜻 자기 집으로 오라고 했다. 나는 예정에도 없이 집으로 찾아가는 게 미안했지만 서둘러 택시에 올랐다.

지나를 마지막으로 본 건 내가 아이를 낳은 지 백 일이 막 지났을 때쯤이었다. 지리산 자락 어디엔가 있을 줄 알았던 지나가 어느 날 갑자기 서울이라며 연락을 해왔다. 우리 집 현관을 들어서는 지나를 보는 순간 나는 잠깐 멍하니 서 있었다. 지나의 머리카락이 한 올도 없었기 때문이다. 엉거주춤 한 채로 지나의 손을 잡았을 때 내 손끝이 떨렸다. 나는 지나가 알아차릴까봐 얼른 손을 놓았다. 지나의 막냇삼촌이 일찍 출가해서 작은 절의 주지로 있다는 것은 알고 있었지만 지나가 출가했다는 얘기는 듣지 못했다. 지나가 대학교 1학년을 마친 겨울 지리산으로 간다고 했을 때 나는 잠시 여행을 가는 줄로만 알았다. 수강 신청을 할 때가 되어서도 나타나지 않던 지나에게서 엽서가 왔다. 눈 내린 지리산이 너무 좋아서 학교로 돌아가고 싶지 않다는 몇 줄이 전부였다. 철학과에 다니던 지나는 내 수업 시간표를 보고 가끔 국문과 수업에 몰래 들어오기도 했다. 현대시론이나 문예

사조 강의가 있는 날이면 강의실 맨 뒷자리에 앉아 있는 지나를 볼수 있었다. 그 무렵 지나는 내가 들어있는 문학 동아리를 기웃거리기도 했는데 노트에 쓴 몇 편의 시를 보여준 적도 있었다. 시를 제법 잘썼던 지나에게 나는 철학과가 마음에 들지 않으면 과를 옮겨보라고도 했다. 그런데 어느 날 갑자기 지리산에 가서는 내가 졸업할 때까지 학교로 돌아오지 않았다. 내가 결혼한 건 어떻게 들었는지 결혼식에 오지 못해서 미안하다는 전화가 온 적도 있었는데 그때도 출가했다는 말은 없었다. 그리고는 몇 년 만에 불쑥 삭발을 한 채로 나타난 것이었다. 절에서 내려오는 길이라던 지나는 승복이 아니라 헐렁한 청바지를 입고 있었다. 어떤 연유로 출가를 했으며 어찌하여 다시 속가로 돌아왔는지는 차마 묻지 못했다. 앙상하게 마르고 움푹 들어간 눈두덩을 보니 아무 것도 묻지 말아야 할 것 같았다. 그때 지나의 나이 서른이었다.

골목 끄트머리에 다다르자 낮은 아파트 단지가 보였다. 녹이 쓴 철제 울타리엔 엉성하게 자란 넝쿨장미가 엉켜 있고 아파트 외벽에는 짙은 초록색이 칠해져 있었다. 단지 안의 정원에는 쥐똥나무와 재스민이 심어져 있었다. 쥐똥나무의 키가 가지런한 것으로 보아 누군가가 세심하게 돌보고 있다는 것을 알아차릴 수 있었다. 하얀 꽃이 핀 재스민군락을 지날 때 꽃향기가 진했다. 맨 처음 아파트를 지을 때는 초록이 짙은 정원을 꿈꾸며 설계한 것 같지만 너무 오래 되어서 쇠락한 빛이 역력했다. 군데군데 칠이 벗겨지고 금간 벽에는 검은 물때와 곰팡이가 거친 넝쿨처럼 번져 있었다. 희끗한 곰팡이 얼룩은 마치 수많은 도마뱀 부치가 붙어 있는 것 같았다.

택시에서 내릴 때 전화를 걸었는데 지나는 보이지 않았다. 일층 현관 벽에 붙은 인터폰을 누르자 창살이 달린 무거운 철문이 둔탁한 소리를 내며 열렸다. 엘리베이터가 없는 계단은 습기 차고 어두웠다. 안으로 들어설수록 중국인들이 많이 쓰는 향신료 냄새가 진동했다. 나는 지나가 어둡고 습기 찬 방 안에 혼자 웅크리고 있는 것은 아닌가 걱정이 되었다. 계단을 오를수록 마음이 불안했다. 위층에서 누군가 내려오는 소리가 들렸다. 계단의 난간 사이로 고개를 내밀며 나를 부르는 지나가 보였다.

지나는 서른 살 때의 모습 그대로였다. 그 사이 십여 년이 지났다는 게 믿기지 않았다. 하나도 변한 게 없다는 내 말에 지나는 아기를 가졌다고 했다. 마흔한 살에 임신이라니! 내가 놀라서 입을 다물지 못하자 지나는 아직 부르지도 않은 배를 앞으로 내밀고는 벌써 사 개월이라고 했다. 그런 지나를 보면서 나는 K를 떠올렸다. 결혼식장에서 K의 달라진 얼굴을 보면서 놀랐던 것과는 다르지만 지나 역시 나를 놀라게 한 것은 사실이었다. 어떻게 두 사람은 저렇게도 나이를 먹지 않은 것일까? 눈가의 주름도 새치 한 가닥도 없는 지나 역시

K처럼 시간을 거슬러 가거나 제 마음대로 조종하며 살아온 것 같았다. 어떻게 된 일인지 나 혼자만 시간을 앞서가며 나이를 먹어온 것 같아 씁쓸했다.

낡은 아파트 외관과는 달리 집안은 밝고 깨끗했다. 세 개의 방이 있는 집은 두 사람이 살기에는 넓어 보였다. 살림살이라고는 그릇 몇 개와 옷가지, 책 몇 권이 전부라고 했다. 웬만한 가구들은 집을 빌릴 때부터 있던 것들인데 조금 낡긴 했어도 정갈한 느낌을 주었다. 우리는 중국식으로 만든 나무의자에 마주 앉았다. 앞에 놓인 등나무 테이블 위에는 프리지아 꽃병이 놓여 있었다. 스무 살의 지나가 살던 학교 앞 자취방에도 가끔 프리지아가 투명한 유리병에 꽂혀 있곤 했다. 지나는 고향에서 생활비를 보내오는 날이면 한 달 동안 먹을 쌀과 프리지아 한 다발부터 샀다. 그때 지나는 살아가는 동안 한 달에 한 번만이라도 꽃을 꽂아두고 살 수만 있다면 정말 행복하지 않겠냐고 했다. 다니던 대학을 그만두고 산으로 갔던 지나가 어떤 길을 걸어 어느 모퉁이를 돌아 여기까지 왔는지는 다 알 수 없지만 지나는 행복해 보였다. 그녀의 그늘 없는 얼굴과 식탁 위에 놓인 꽃이 그것을 말해 주고 있었다.

오랜만에 만난 지나에게 하소연부터 하고 싶지 않았던 나는 밤새 타오르던 불덩이 같은 마음을 애써 진정시키며 벽에 걸린 사진에 눈길을 돌렸다. 사진 속에는 키가 작고 마른 지나와 운동선수처럼 건장

한 남자가 다정하게 서 있었다. 남편은 스코틀랜드 사람이라고 했다. 부부의 사진 옆에는 시댁식구들과 함께 찍은 사진이 걸려 있었다. 시부모와 두 명의 시동생, 한 명의 시누이가 있었는데 온화한 미소를 짓고 있는 키 큰 시댁식구들 가운데 지나가 이를 다 드러낸 채 활짝 웃고 있었다. 사진 속 까무잡잡하고 동그란 얼굴에 빛나는 짱구이마를 가진 지나는 아직 어린 소녀 같았다.

나는 잘 우러난 홍차를 마시면서 휴대전화기에 저장해 놓은 딸과 아들의 사진을 보여주었고 지나는 자신의 노트북에 저장된 사진들을 보여 주었다. 우리는 그렇게 오래 함께하지 못한 서로의 지난 시간들을 이해하고 나누려 했다. 지나는 다시 찻물을 끓이려다 말고 점심을 먹자며 선반에서 고형카레를 꺼냈다. 식탁 위에는 감자와 당근, 양파가 든 바구니가 놓여 있었다. 그 옆에는 연두색과 붉은색, 검은색 등 몇 가지의 콩이 물에 불려 있었는데 한 번도 본 적 없는 납작한 콩도 있었다.

– 예쁘지? 렌틸콩이 원래 이름이라는데, 난 '렌즈콩'이라고 불러.

그 이름이 더 예쁘잖아? 왠지 자기를 유심히 바라봐 달라고 하는 것 같고 말야.

듣고 보니 콩의 모양이 볼록렌즈를 닮았다. 볼록렌즈를 닮아서 렌틸콩이라고 이름을 붙여준 것인지, 렌틸콩처럼 생겼다고 볼록한 유리를 '렌즈'라고 부르는지는 알 수 없지만 동그란 여느 콩들과는 생김이 다른 게 유독 눈길을 끌긴 했다. 지나가 콩을 삶는 동안 나는 다듬어 놓은 야채들을 네모나게 썰었다.

산에서 내려와 나를 만난 그 다음 해에 지나는 다시 대학에 들어 갔다고 했다. 우리가 함께 다녔던 대학이 아니라 다른 대학이었다. 지나가 좋아하는 시인이 그 대학에서 시를 가르치고 있어서 일부러 그 대학에 진학했는데 거기서 지금의 남편을 만났다고 한다. 그러니까 지나가 좋아한 시인이 두 사람을 만나게 해 준 것이었다. 바닷가에서 유년 시절을 보낸 지나는 햇볕에 그을려 새까만 얼굴이 콤플렉스였는데 남편이 지나의 얼굴에서 빛이 난다고 하더란다. '그 말을 듣는 순간 온몸에 소름이 돋고 오글거렸는데 그게 그렇게 좋을 수가 없는 거야. 한국에서 오 년 동안 사귀다가 결혼하고 나선 줄곧 런던에서 살았어. 남편이 엔지니어인데 일 년 전에 베이징으로 왔어.'

지나는 지금도 가끔 시를 쓴다고 했다. 예전에 써 두었던 시를 꺼내서 고치기도 하고 새로 쓰기도 하는데 최근에 쓴 시가 여러 편 된다고 했다. 지나가 시를 쓴다는 말을 듣는 순간 가슴 한 구석이 아렸다. 나는 두 아이가 커가는 만큼 시를 잊었다. 아이들의 학원 시간표를 체크하고 통장의 잔액을 셈하던 어느 날 나는 내가 시를 쓰고 싶었던 게 아니라 시인을 좋아했다는 사실을 깨달았다. 그리고는 시를 단념했고 더 이상 시를 꿈꾸지 않았다. 가끔 책장에 꽂힌 낡은 시집들을 볼 때마다 시를 쓰고 싶다는 생각이 들었지만 다시 시를 쓸 자신은 없었다. 그 얼마 뒤에 나는 모아두었던 수십 권의 시집들을 모두 후배에게 줘버렸다. 어느 한 순간에라도 내가 정말 시를 좋아하기는 했나? 그 물음조차 덮어둔 지 오래였다.

─ 까까머리보다는 긴 머리가 더 잘 어울려, 너는.

─ 나도 그렇게 생각해. 겨울에는 나도 엄마가 될 텐데…, 엄마가 너무 늙었다고 우리 아기가 싫어하면 어떡하지?

지나는 늦은 나이에 첫 임신을 했으니 아기를 무사히 잘 나을 수 있을지 걱정이기도 하지만 그보다도 아기가 나이 많은 엄마를 싫어하면 어쩌나 싶은 게 더 큰 걱정이라고 했다. 내가 지나의 입장이더라도 같은 걱정을 할 것 같았다.

렌틸콩과 다른 몇 가지의 콩이 들어간 카레를 하얀 밥 위에 끼얹자 알록달록한 초코볼을 뿌려놓은 것 같았다. 잘 익은 콩은 부드러워서 혀에 닿자마자 스르르 으깨져 버렸다. 언젠가 시간이 흘러 오늘을 떠올리는 때가 있다면 아마도 렌틸콩이 든 카레가 가장 먼저 떠오를 것 같았다. 지나와 내가 함께 했던 대학 시절은 짧았고 함께 떠올릴 수 있는 기억도 많지 않았지만 할 이야기는 많았다. 우리는 카레에 하얀 밥을 비비면서 렌틸콩을 들여다보기도 하고 오래전 기억들을 불러오기도 하면서 아주 느리게 점심을 먹었다. 접시를 깨끗하게 비우자 접시 바닥에서 스코틀랜드의 오래된 성이 드러났다. 벽에 걸려 있는 신혼부부의 사진 배경에 있던 것과 같은 성이었다. 신혼여행 때 갔던 '하이랜드'라고 했다. 내가 박봉의 출판사를 전전하다가 두 아이의 엄마가 되는 동안 지나는 그 몇 배의 시간을 살아온 것 같았다. 눈 내린 지리산에 올랐던 지나는 문득 산에서 내려와 시인을 만나 시를 쓰다가 건장한 남자와 사랑을 하고 하이랜드를 건너 베이징으로 온 것이었다. 그리고는 이제 초록의 집에서 아기를 품고 있었다. 지나가 운명적인 남자를 만나 여기까지 온 것처럼 나도 운명적인 길을 따라 여기에 온 것일까? 내가 시를 쓰지 않게 된 것도 운명인 걸까?

― K에게 네 얘길 꺼냈더니 시큰둥하더라. 뭐, 피곤해서 그런 것 같기도 했지만.

― 시큰둥한 게 아니라 아마 모른 척하고 싶었을 거야. 그럴 일이 좀 있었거든. 나, K언니랑 연락 끊고 산 지 오래됐어.

― 그래? 난 네가 아직 K와 연락하는 줄 알았어. K가 결혼한다는 건 알고 있었니?

― 아니, 언니한테 들은 소식이 전부야. 미리 소식을 알았더라도 난 안 갔을 거야. 언닌 모르는구나? 나, K언니랑 안 친해. 그 언니가 괜히 친한 척하는 거지.

뜻밖이었다. 나는 여태 K와 지나가 아주 친한 선후배 사이라고 생각했다. K가 맨 처음 내게 지나를 소개할 때도 '무지무지 아끼는' 후배라고 했기 때문이다. 그래서 그동안 지나가 나와는 소식이 끊겼어도 K와는 줄곧 연락하고 지내는 줄로만 알았다. 그럴 수밖에 없었던 게 내가 지나를 알게 된 것도 K를 통해서였기 때문이다. 대학에 입학하던 해 봄, 고등학교 때 친구를 만나러 사진동아리 방에 갔다가 K를 처음 만났다. 그 뒤로도 나는 가끔 사진동아리방에 놀러 갔는데 K가 신입생이라며 지나를 소개해줬다. 살가운 동생처럼 껴안고 쓰다듬는 게 여간 친한 사이가 아닌 것 같았다.

학교를 떠난 지나는 지리산에서 가끔 엽서를 보내왔지만 얼굴을 보여주지는 않았다. 방학 때마다 내가 친구들과 지리산에 가겠다고 하면 마침 다른 곳에 있다고 하기 일쑤였다. 그러다 지나를 만나지 못한 채로 나는 대학을 졸업했고 직장생활에 적응하느라 정신이 없었다. 지나와 소식이 뜸해진 뒤에도 친구를 통해 K소식은 전해들을 수 있었다. 경영학과를 졸업한 K는 엄마가 경영하는 부동산 사무실에 다닌다더니 어느 날 공인중개사가 되었다. K의 두 오빠들도 공인중개사를 한다고 들었다. 친구들 사이에는 서울 시내 곳곳에 K 집안 빌딩이 서있다는 얘기가 돌았다. 내가 후줄근한 잡지사와 출판사를 전전하며 사는 동안 K는 외제차를 몰고 동창모임에 나타나곤 했다. K가 있는 자리라면 어디든 친구들의 입이 호사를 누렸다. 나도 어쩌다 그런 적이 있었다. 같은 과 친구들 대여섯이 모이는 자리였는데 거기에 K가 나타났다. 누가 K를 초대했는지 아무도 알지 못했지만 우리는 K가 사겠다며 주문한 비싼 밥을 먹었다. 아무 스스럼없이, 그 어떤 의구심도 없이 맛있게 먹었다. 식사가 끝나고 K가 계산을 할 때 우리들 중 그 누구도 K를 말리지 않았다. 계산을 끝낸 K는 다른 약속이 있다며 먼저 떠났고 일행은 카페로 들어갔다. 그날 우리는 카페 구석의 둥근 테이블에 둘러앉아 조각 케이크와 아이스크림 따위의 디저트를 마음 놓고 시켜 먹었다. 누군가가 우리들 중에 K와 각별하게 친한 사람이 없다는 게 조금 이상하다는 말을 하긴 했지만 별로 신경 쓰지는 않았다.

K는 언제나 유쾌하고 당당했다. 그래서인지 주위엔 항상 친구가 많았다. 그중에는 각별하게 친한 친구도 있을 테지만 그렇지 않은 친구들도 많을 테고 나는 K의 헤아릴 수 없이 많은 '아는 사람들 중에 그저 그런 한 사람'쯤 이었을 것 같다. 실은 그런 문제에 대해 생각해 본 적도 없는 사이였다. K와 나는. 그런 K가 내게 따로 연락을 한 것은 뜻밖의 일이었다. 정확하지는 않지만 큰아이가 유치원에 다닐 무렵이었던 것 같다. 안부를 묻는 전화인 듯 했지만 K가 하는 말의 대부분은 집과 땅에 관한 것이었다. 여윳돈이 있으면 땅을 좀 사둬라, 수도권 어디에 새 아파트가 지어질 건데 거기가 앞으로 엄청 뛸 게 분명하니까 이번 기회에 분양을 받아두는 게 좋다, 재개발 예정지에 다가구주택 괜찮은 게 나왔다, 대출을 받아서라도 통째로 사뒀다가

월세를 받으면 좋다는 등 집과 투자에 관한 얘기들을 줄줄이 늘어놓았다. 처음엔 집 없는 친구를 위해 부동산 정보를 알려주는가 싶어 고마웠다. 하지만 그 당시 나는 집을 장만할 형편이 아니었다. K에게 말은 고맙지만 그럴 형편이 안 된다고 내 사정을 털어놓았다. 그래도 K는 정기적으로 내게 전화를 해서 부동산 얘기를 했다. 나중에 K는 당장에라도 자기가 소개하는 집을 사지 않으면 큰일이라도 날 것처럼 다급하게 굴었다. 그럴 때마다 나는 살고 있는 아파트도 전세다, 그마저도 수천만 원의 전세자금 대출금을 갚아나가고 있는 중이라며 K의 얘기를 끊었다. 그런 전화가 한 달에 한 번, 어떤 때는 보름에 한 번씩 걸려왔다. K가 전화를 걸어올 때마다 나는 '누구는 집을 안 사고 싶어서 안 사는 줄 아냐?'라고 퍼붓고 싶었는데 친구지간이라 차마 그럴 수는 없었다. 그런 내 속을 전혀 모르는지 알고도 모르는 척하는 건지 K는 줄기차게 전화를 해댔다. 추천할 만한 새로운 매물이 없을 때는 전에 추천했던 매물이 엄청 뛰었다고, 자기 말대로 했으면 벌써 크게 한몫 챙겼을 텐데, 정말로 안타깝다고 했다. 투자를 해야 돈을 벌 것 아니냐, 돈이 돈을 버는 건데, 멍하니 앉아서 언제 돈을 모을 거냐고, 돈이 없으면 어디서 빌려서라도 좋은 물건을 놓치지 말아야 한다고 했다. 그리고 내가 그만 통화를 끝낼라치면 언제나 똑같은 말로 마무리를 했다. '언제든 집을 사고 팔 때는 반드시 나한테 연락하는 거 잊지 말구!'

내가 설거지를 하는 동안 지나는 과일을 깎고 케이크를 잘라 접시에 담았다. 나는 진작부터 어젯밤의 일을 얘기하고 싶었지만 망설였다. 오랜만에 만나서 그것도 아기를 가진 지나에게 K때문에 속에서 천불이 난다는 따위의 말을 하고 싶지는 않았다. 그렇다고 답답한 속을 털어놓지도 못한 채 그냥 돌아가고 싶지도 않았다. 생각 끝에 나는 무심한 듯 다시 K 얘기를 꺼냈다.

– 실은, 어젯밤 늦게 K가 전화를 했어. 난데없이 집을 사주겠다지 뭐야.

– 그래? 무슨 일로? 정말 황당했겠네… 도대체 왜 그랬을까, 응?

– 글쎄……. 내가 왜 그러냐고 물어보려는데 전화를 끊었어. 전화를 받지도 않아.

베이징으로 오기 전, 나도 한때 집이 있었다. 맞벌이 십 년 만에 겨우 장만한, 서울 변두리의 삼십이 평 아파트였다. 억대의 대출을 받아 산 집이긴 해도 전세가 오를 때마다 이사 다니는 것보다는 좋았다. 무리한 대출이라 부담스럽기는 했지만 맞벌이를 하는 데다 집값이 더 오를 것을 생각하면 그만한 어려움은 각오해야 한다 싶었다. 두 아이들 모두 초등학교에 다니는데 전세 계약 기간이 끝날 때마다 전세금이 올라 이사를 하는 것도 불안했다. 그동안의 잦은 이사에 지쳐 있던 우리는 무리를 해서라도 내 집을 가지는 게 낫다고 판단했다. 그간 K로부터 들은 부동산 정보도 얼마간 작용했다. 하지만 내 집이 생긴 기쁨도 잠시였다. 남편이 다니던 회사에서 쫓겨났다. 회사가 큰 그룹에 합병되면서 일자리를 잃은 것이었다. 남편은 새 일자리를 구할 동안이라며 대리운전을 시작했지만 한 달도 버티질 못했다. 도저히 못해 먹겠다며 술을 엉망진창으로 마시고 와서는 끝이었다. 한동안 밤낮으로 잠만 자던 남편은 더 이상 아무 것도 할 수 없겠다며 심한 우울을 앓았다. 그렇게 우리 집의 일상이 무너져버렸다. 출판사에서 받는 내 월급만으로는 생활비와 아이들 교육비를 감당하기에도 벅찼다. 그런 형편에 아파트 대출금과 이자를 갚는다는 것은 불가능했다. 자꾸만 마이너스가 늘어갔다. 갚지 못한 대출금과 이자가 눈덩이처럼 불어났다. 집을 팔고 전세로 이사를 가더라도 남편이 일자리를 구하지 못하는 이상 어디를 가도 어렵기는 마찬가지였다. 사방팔방 일자리를 알아보다가 간신히 연결된 곳이 베이징이었다. 거기서라면 다시 일할 수 있을 것 같다는 남편의 한 마디에 베이징으로 이사를 왔다.

남편은 선배가 운영하는 골프장에 관리인으로 취직했고 나는 클럽하우스 안에 있는 골프웨어 매장에서 일했다. 남편의 선배가 투자를 목적으로 사둔 아파트를 무상으로 쓰게 해주겠다는 게 우리가 베이징으로 오게 된 가장 큰 이유였다. 말하자면 회사에서 내주는 직원용 숙소인 셈이었다. 아무런 준비도 없이 갑자기 시작한 타국살이는 만만치 않았다. 온 식구가 중국어를 배우느라 정신없었고 아이들이 중국 학교에 적응하지 못해 어지간히 속을 태웠다. 우리 형편에 국제학교 같은 것은 꿈도 꿀 수 없어서 중국의 보통 학교에 보냈는데 아이들이 학교에 가기를 싫어했다. 아침마다 아이들을 달래느라 애를 먹었다. 그렇게 힘든 시간이 가고 차츰 베이징이 익숙해지자 불안한 앞날에 대한 걱정도 조금씩 줄어들었다. 어느덧 두 아이들은 중학생이 되었다. 하지만 우리는 아직 집이 없다. 베이징에서도 집값은 비쌀뿐더러 당장 한국에 돌아간다 해도 집을 살 수 있는 형편은 아니었다. 아직도 남편의 선배가 어느 날 갑자기 우리가 사는 아파트를 팔겠다고 하면 어떡하나 가슴을 졸일 때도 있지만 미리 걱정한다고 해서 뾰족한 수가 있는 것도 아니었다. 그저 식구들이 아무 탈 없이 사는 것만으로도 다행이라며 다독일 뿐이었다. 겨우 한숨 돌릴 형편이 되어 아이들을 데리고 서울에 간 것도 몇 년 만의 일이었다. K가 무슨 일인지 내게 집을 사라는 전화도 하지 않고 투자 정보라며 문자를 보내지도 않던 그 얼마 동안 나도 잠시 집을 가져본 적이 있었던 것이다.

— 이참에 집 한 채 사주라고 해볼까? 돈 많은 친구 덕 좀 제대로 보자고 말이야.
— 그래, 그거 괜찮겠네…. 언니, K언니 얘기가 나왔으니까 말인데,

실은 나, 언니한테 말 안 한 게 있어, 나랑 K언니, 연락 끊고 사는 이유 말이야.

지나의 이야기는 뜻밖이었다.

지나는 대학 첫 학기를 시작할 때부터 아르바이트를 했다. 매일 저녁마다 카페나 식당에서 일을 했는데 주말에도 쉬지 않았다. 그건 나도 잘 아는 사실이었는데 이야기는 거기서부터였다. 지나가 자주 자취방을 비운다는 것을 아는 K는 수시로 지나의 빈 방에서 놀다 갔다. 신입생 환영 동아리 행사가 있던 날 뒤풀이가 너무 늦게 끝나 K를 재워준 게 발단이었다. 문제는 지나가 없을 때 한 번씩 빈방을 드나들던 K가 다른 대학의 친구들까지 데리고 와서 놀다 간 것이었다. 지나는 자기 방에 모르는 사람들이 들락날락 하는 게 싫다고 했고 K는 미안하다고 했다. 하지만 그때뿐이었다. 화가 난 지나는 현관 비밀번호를 바꾸고 자기 돈을 들여 자취방 현관문에 손잡이 모양의 자물쇠도 새로 달았다. 진짜 사건은 그 뒤부터였다. K는 지나가 자기에게 알리지도 않고 현관문의 비밀번호를 바꾼 것이 선배에 대한 모독이라며 펄펄 뛰었다. 그 다음 날 지나가 수업에 들어간 시각, K는 자기가 집주인이라고 속이고는 다른 동네 열쇠수리 기사를 불러 현관문에 달린 잠금장치를 몽땅 뜯어내고 새것으로 바꿔 단 것이었다. 그리고는 새 비밀번호와 열쇠를 건네주더란다. 지나의 방 비밀번호와 현관문 열쇠를 끝까지 공유하겠다는 억지였다. 그날 K는 지나 방의 커튼을 새로 달아주고 냉장고에 아이스크림과 쇠고기를 잔뜩 채워 넣는 것으로 일을 무마하려 했다. 지나는 자기 방이 학교 근처 모텔 방처럼 취급되는 게 싫다고 항변했지만 K에게는 통하지가 않았다. 선배로서 절친한 후배의 자취방을 같이 쓰는 게 뭐가 문제냐는 식이었다. K는 애원하다시피 하는 지나를 무시하고 끝까지 말도 안 되는 고집을 부렸다. 결국 지나는 K에게 '절교'라는 말을 할 수밖에 없었다. 제발 앞으로는 절대로 자기 집에 오지 말아달라고 했는데 그 마저도 소용이 없었다. 카페 아르바이트를 마치고 곤히 자고 있던 한밤에 K가 술에 취한 채로 지나의 방에 들어왔을 때는 까무러칠 지경이었다고 했다.

지나가 겪은 그 한밤의 이야기기는 내게도 섬뜩했다. K가 얼마나 끔찍하게 무서웠으면 어렵게 들어온 학교까지 그만두고 떠난 것일까……. K의 전화 한 통에 하룻밤 속을 끓이고서는 허겁지겁 달려온 나 자신이 부끄러웠다. 지나가 K 때문에 대학을 떠나 산으로 갔다는 것은 상상조차 못한 일이었다. 산청 지리산 우체국의 소인이 찍혀 있던 엽서를 받아들었을 때 나는 지나가 자기 생의 화두(話頭)를 붙잡고 있으려니 했다.

지나는 그때 왜 내게 아무 말도 하지 않았던 것일까? 누군가로 인해 학교를 떠나고 싶을 만큼 힘들었다면 나와 한 번 이라도 얘기해 볼 수는 없었을까? 내게 말해봤자 아무런 도움도 주지 못할 거라고 생각한 것일까? 그게 아니면 나도 지나에게는 그저 얼굴을 알고 지내는 아는 선배 중의 한 사람에 불과했던 것인가? 그렇다고 한 마디 말도 없이 학교를 그만두고 출가까지 해버리다니! 머릿속이 아득해졌다. 순식간에 나는 속이 깊은 빈 독에 빨려 들어간 것처럼 혼란스러웠다.

깎아놓은 과일을 다 먹었을 즈음 지나의 얼굴에 졸린 기운이 역력했다. 나는 아파트 정문 앞까지라도 배웅을 나오겠다는 것을 만류하고 지나의 집을 나왔다. 어두운 아파트 복도에는 생선 튀긴 냄새와 연기가 자욱했다. 계단을 다 내려와 공동 현관의 무거운 철문을 열었다. 그 순간 문득, 대학 시절의 K와 나는 둘만의 기억이 하나도 없다는 사실이 떠올랐다. 그거였다! 카메라를 들고 다니곤 하던 K의 모습을 자주 보긴 했지만 K는 한 번도 내 사진을 찍어준 적이 없었다. 대학에 다니던 사 년 동안 K와 단둘이 따로 만나 커피를 마신 적도 없었다. 우연히 학생회관 식당에서 마주친 적은 있지만 같은 테이블에 앉아 이야기를 나누며 밥을 먹은 적도, 무슨 일로 둘이서 연락을 주고받은 적도 없었다. 그렇다면 K는 나를 다른 친구와 착각하고 있는지도 모를 일이었다. 지나의 말대로 K는 자기가 아는 모든 사람들과 친한 사이였으니까 K에게 나는 친한 사람들 중 한 사람이었던 것이다. 그러니까 자기가 알고 있는 수많은 '친한 사람들' 중 한 사람과 나를 혼동하고 있는지도 몰랐다.

'그래, 그래서 내게 자꾸 아파트를 분양받으라고 한 거야. 땅도 사고, 빌라도 사라고 한 거였어. 잘 사는 어떤 친구와 나를 착각하고 있었던 게 분명해.'

나는 그렇게 생각하기로 했다. 설혹 그게 사실이 아니라 해도 상관없었다. K가 전화를 받을 때까지 수없이 전화를 걸어 사실 여부를 따지기 보다는 어떤 식으로든 내 생각을 정리하는 게 나을 것 같았다.

K는 이미 내가 결혼식장에서 지나 얘기를 꺼냈을 때부터 불안했을 것이다. 감춰두고 싶은 시간이 들춰질까 봐 초조했을 테지. 그래서 술을 마시고 취기를 빌어 내게 전화한 거야. 그건 좀 K답지 않다 싶기도 했지만 나는 그렇게 생각을 몰아갔다. 절대 지나를 만나지 말라고 당치도 않은 억지를 부리거나 아니면 간곡하게 부탁이라도 하고 싶었을 테지만 차마 그런 말은 못 한 거야. 그래서 엉뚱하게도 내게 집을 사주겠다고 한 거겠지…….

초록색의 아파트 단지를 빠져나와 리두호텔 쪽으로 걸어갔다. 아침에 만났던 경비가 그대로 서 있었다. 손을 흔들며 알은체를 하는 그의 얼굴이 오후의 햇살에 발갛게 상기되어 있었다. 노동절 연휴가 시작되자마자 중국 각지에서 몰려든 사람들로 베이징의 숙박업소들이 호황을 누린다는데 리두호텔 입구는 한산했다. 금발을 한 가닥으로 묶어 올린 젊은 백인 여자가 호텔 안으로 들어갈 뿐이었다. 붉은색의 화려한 치파오를 입고 양손에 커다란 쇼핑 꾸러미를 든 그녀의 걸음이 발랄했다. 나는 호텔 정문 앞에 서있는 택시를 타려다 말고 횡단보도를 건넜다. 백양나무가 늘어서 있는 길을 걷고 싶었기 때문이다. 언제나 차를 타고 빠르게 지나버렸던 가로수 길을 천천히 걸어볼 생각이었다.

나무 그늘이 짙게 드리운 보도는 생각만큼 시원하지 않았다. 십여 분이나 지났을까? 등 뒤쪽이 소란스러웠다. 좁은 도로에서 승용차 한 대가 중앙선을 넘나들다 맞은편 차를 들이받은 것 같았다. 붉은 제라늄 화분을 내놓은 만두가게에서 앞치마를 두른 뚱뚱한 남자가 부채질을 하며 뛰어나왔다. 그는 산수화가 그려진 커다란 주름부채를 부치며 도로 위의 싸움을 구경했다. 그 남자를 스쳐 지나갈 때 땀 냄새와 만두 냄새가 뒤엉켜 얼굴에 끼쳐왔다. 속이 메스꺼웠다. 그만 택시를 타고 싶었지만 길이 막혀 차들이 꼼짝하지 않았다. 백양나무 그늘이 끝나는 사거리까지 걸어갈 수밖에 없었다. 사거리에서 길을 건너면 다른 방향에서 오는 택시를 탈 수 있을 것 같았다. 막힌 도로가 뚫리길 기다리며 서 있기보다는 그 편이 나았다. 수박을 싣고 가던 수레도 보이지 않고 향수를 자아내던 길은 따분했다. 여느 때 짧게만 느껴지던 길이 엿가락처럼 점점 길게 늘어나는 것만 같았다. 지나가 싸준 한 움큼의 렌틸콩조차 무겁게 느껴졌다. 몇 번이나 콩이 든 가방을 이쪽저쪽 바꿔들다가 간신히 택시에 올라탔다. 뒷자리에 풀썩, 기대앉은 나는 곧바로 몸을 일으켜 백양나무 길을 뒤돌아보았다. 무성한 나뭇잎 사이로 사원의 꼭대기 같은 호텔의 하얀 지붕이 아득히 멀어져 갔다. 뜨겁던 해가 지친 듯 뉘엿 넘어 가고 있었지만 창밖은 여전히 초록이 짙었다. 가로수 길이 보이지 않을 즈음 지나가 알고 있던 나와 K가 알고 있던 내가 희끗 차창을 스쳐갔다.

K는 이제 더 이상 내게 전화를 걸지 않을 것이다. 지나와 K처럼, K와 나도 그렇게 되어 버린 것 같았다. 서로 깊이 알지 못한 사람들의 관계는 대개 이렇게 끝이 나는 것일까? 문득, 집으로 돌아가 스무 살의 지나가 눈 쌓인 지리산에서 보내온 엽서를 꺼내보고 싶어졌다. 그런데 지나의 전화번호는 누구로부터 전해들은 거였지?

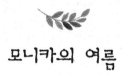

모니카의 여름

_ 보석 박람회는 벌써 끝이 났지만 홍규는 아직 돌아오지 않았다. 보석 생산업체와 매장을 가지고 있는 그는 해마다 열리는 국제박람회에 한 번도 빠지지 않고 참석했다. 박람회는 홍콩에서 열릴 때도 있고 태국이나 필리핀, 상하이에서 열리기도 했다. 행사가 어디에서 열리든 그는 언제나 공식일정보다 이삼일, 길게는 일주일 이상 더 머물다 왔다. 그때마다 골프를 치기도 하고 여행을 하거나 시장을 둘러본다는 이유를 댔지만 모니카는 그게 전부가 아니라는 것을 잘 알고 있었다.

 모니카가 홍규를 처음 만난 것도 마닐라 보석 박람회가 끝난 뒤였다. 칠 년 전, 모니카가 마닐라에 있는 한인식당에서 일할 때였다. 고등학교를 갓 졸업한 모니카가 다닌 첫 직장은 한국인이 운영하는 여행사였다. 열심히 일해서 고향의 부모와 동생들에게 생활비를 보태주고 자신의 앞날을 위해 공부도 더 할 생각에 하루하루가 즐거울 때였다. 하지만 일한 지 겨우 일 년쯤 지났을 때 사장이 잠적해 버리는 바람에 월급도 제대로 받지 못하고 일자리를 잃어버렸다. 다행히 같은 여행사에 근무하던 직원의 소개로 근처 한국인 식당에서 일하게 되었다. 여행사보다 일은 몇 배로 고되고 힘들었지만 일 년쯤 지나니 일하기도 수월해졌다. 무엇보다 동생들이 걱정 없이 공부할 수 있게 되어서 일하는 보람도 컸다. 모니카는 식당에서 일하는 틈틈이 한국어를 공부했다. 한국어를 잘 하면 더 나은 일자리를 구할 수 있기 때문이었다. 일이 힘들거나 고향이 그리울 때마다 모니카는 대학에 다니는 자신의 모습을 그려보았다. 한 해 두 해 자꾸만 계획한 일들이 뒤로 밀려나긴 했지만 그때마다 모니카는 몇 년 만 더 모으면 될 거라고 마음을 다잡았다.

늦은 오후, 자몽의 속살 같은 햇빛이 식당 안을 물들 일 때 박람회 일정을 마친 홍규 일행이 들어왔다. 모니카는 테이블에 음식을 날라다 주면서 그들이 저녁에 필리핀 여자들과 소개팅을 할 거라는 걸 알았다. 홍규가 함께 온 여러 명의 남자들에게 '소개팅'이라고 말하는 것을 들었기 때문이다. 소개팅은 그가 주선하는 자리였다. 결혼이 성사되면 그 자리에 앉아 있는 남자들이 곧 그의 보석 매장 고객이 되기 때문에 홍규는 한껏 친절하게 굴었다. 하지만 그런 속사정을 다 알지 못하는 모니카는 그가 예의바르고 친절한 사람이라고 생각할 뿐이었다. 그날로부터 이틀 뒤 홍규가 혼자 식당을 찾아왔다. 식당 매니저를 통해 모니카와 단둘이 만나고 싶다고 했을 때 그녀는 그가 자신에게도 한국 남자와의 소개팅을 제안하리라 짐작했다. 하지만 홍규의 제안은 뜻밖이었다. 그는 모니카를 만나자마자 자기와 결혼하는 것이 어떻겠냐고 물었다. 홍규는 이미 그녀의 가족관계나 신상에 대해 모두 알고 있었다. 그때 홍규는 '단도직입적'이라고 말했다. 모니카는 그 말이 무슨 뜻인지 알 수는 없었지만 그가 무엇을 바라는지는 금방 알아차릴 수 있었다.

당시 마흔네 살의 홍규는 이혼한 지 일 년이 지났고 전처와의 사이에 딸이 둘 있었다. 딸들은 엄마와 함께 살고 있으니 아이들 키울 걱정은 안 해도 되었다. 결혼의 조건은 단 하나, 그의 늙은 부모와 함께 사는 것이었다. 그렇게만 해주면 모니카의 부모와 세 동생들이 돈 걱정 없이 살 수 있도록 해 주겠다고 했다. 홍규는 소개팅을 하러 왔던 다른 남자들보다 잘 생기고 깔끔했다. 또래의 한국 남자들보다 훨씬 젊어 보이는 얼굴이어서 모니카보다 열일곱 살이나 많게 보이지도 않았다. 인상도 나쁘지 않은 데다 자신이 필리핀에서 평생을 일해 꼬박 모아야 할 만큼의 큰돈을 제시하는 홍규에게 마음이 끌렸다. 모니카가 아직 결정을 내리지 못하는 사이 홍규는 한국과 필리핀을 오가며 모니카에게 정성을 쏟았다. 고향집에 선물을 보내고 자신이 운영하는 공장과 매장의 사진을 보여주기도 했다. 홍규는 모니카에게 남부럽지 않은 삶을 선물해 주겠다며 프러포즈를 했다.

모니카와 말자 씨가 식탁에 마주앉아 막 첫술을 뜨려는 참이었다. 말자 씨가 집어올린 명태조림 한 토막이 식탁 아래로 떨어졌다. 그렇지 않아도 여든이 넘은 말자 씨는 요즘 들어 부쩍 젓가락질이 더 어설퍼져 자주 반찬을 흘리고 여기저기 양념을 묻히곤 했다. 모니카는 대수롭지 않게 얼른 화장지를 뽑아들고 몸을 숙여 식탁 아래로 머리를 밀어 넣었다. 명태조림을 화장지로 싸쥐고 바닥을 닦은 다음 식탁 밑에서 몸을 빼내려던 순간이었다. 갑자기 머리와 목덜미로 차가운 물이 흘러내렸다. 그 사이 말자 씨가 들고 있던 젓가락 끝에 밀려 물컵이 넘어진 것이다. 급기야 모니카가 식탁 밑에서 몸을 빼고 일어설 때에는 넘어진 유리컵이 떼구르르 굴러 바닥에서 깨져 버렸다. 울컥, 명치가 뜨거워졌다. 모니카는 하마터면 말자 씨에게 소리를 지를 뻔했다. 시어머니에게 소리를 질러서는 안 된다는 것쯤은 그녀도 잘 알고 있었기에 소리를 내지르는 것만은 참을 수 있었다. 하지만 조심성 없는 말자 씨에게 화가 치미는 것은 어쩔 수가 없었다. 일은 거기서 끝나지 않았다. 유리조각을 치울 때까지 앉은 자리에 가만히 있으라는 모니카의 말을 듣지 않고 의자에서 일어서던 말자 씨가 유리조각을 밟은 것이었다. 발바닥에는 금방 피가 맺혔고 바닥으로 뚝뚝 핏방울이 흘렀다. 모니카는 피가 나는 쪽에 급히 화장지를 가져다 대었다. 그리고는 부리나케 화장대로 달려가 족집게를 찾아왔다. 조심조심 말자 씨의 발바닥에 박힌 유리 파편을 빼낸 다음 연고를 바르고 밴드를 붙여 주었다. 몸집이 거대한 말자 씨를 부축해 소파에 앉힌 다음 바닥의 물기를 닦고 청소기를 돌려 유리조각을 모두 치우는 사이 모니카의 온몸은 땀으로 흥건히 젖어버렸다.

한바탕 난리법석을 떨고 나니 아침식사가 아주 늦어버렸다. 식탁을 치우고 설거지를 끝낸 모니카는 자리에 앉아 한숨 돌리지도 못하고 가스레인지 청소를 시작했다. 이를 앙다물고 애꿎은 스테인리스 철판을 닦고 또 닦았다. 이마에 맺힌 땀방울이 눈가로 흘러내리자 눈 속이 따가웠다. 그녀는 잠시 커다란 두 눈을 질끈 감았다. 더 굵은 땀방울이 눈꺼풀 속으로 스며들어 눈물이 줄줄 흘렀다. 그녀는 고무장갑을 낀 채로 앞치마 자락을 들어 올려 눈물을 닦았다. 눈물을 닦는 사이 콧등으로도 굵은 땀방울이 흘렀다. 온몸이 후끈거리고 땀이 비오듯 쏟아졌다. 바깥의 수은주가 올라가는 만큼 집안을 가득 채운 열기 또한 맹렬하게 팽창하기 시작했다. 열기는 물기가 있는 것들을 모조리 바싹 말려버릴 기세였다. 금방이라도 크고 작은 물건들이 여기저기서 툭, 탁, 터지고 튀어오를 것만 같았다. 모니카는 이럴 때 홍규라도 집에 있으면 좋겠다고 생각했다. 그가 집에 있었다면 온종일 에어컨을 켜놓더라도 말자 씨가 리모컨을 빼앗아 들고 전기 요금 타령을 하지는 않았을 것이다. 아무리 더워도 말자 씨는 에어컨을 켜는 법이 없었다. 한평생 부채와 선풍기로 여름을 났다고 자부하는 말자 씨가 에어컨을 켜는 때는 외아들 홍규가 집에 있을 때뿐이었다.

말자 씨는 방에서부터 틀니를 뽑아들고 화장실로 들어갔다. 유리에 찔린 발바닥이 아파서인지 걸음이 영 불편해 보였다. 말자 씨는 화장실 문을 활짝 열어 둔 채 틀니세척액이 담긴 컵 속에 틀니를 담가놓고 양치를 시작했다. 이가 모두 빠져버려 동굴 같은 입 속을 들여다보는 것이 싫었지만 그래도 양치하는 것을 거르지는 않았다. 말자 씨는 치약을 듬뿍 묻힌 칫솔을 콧구멍 아래로 바짝 들이대고 숨을 깊게 들이쉬었다. 한약 달이는 냄새만 맡아도 몸이 좋아지는 것같다는 그녀는 생약성분을 섞어 만든 치약을 좋아했다. 하지만 두어 번의 우악스런 칫솔질에 반쯤 풀어지다만 치약덩어리는 세면대 가장자리에 떨어지고 말았다. 말자 씨는 그것을 보지 못했다. 오히려 치약 냄새를 맡고 불끈 힘이라도 솟은 듯 턱을 위로 치켜들고 칫솔 잡은 손아귀에 힘을 더했다. 거품이 부글거리는 입속을 들여다보느라 아래로 내려뜬 눈은 처진 눈꺼풀에 덮여 눈을 감고 있는 것 같았다. 그녀는 입 안 가득 고인 거품이 아래턱으로 흘러내릴 때까지 쉬지 않고 북적북적 입안을 쑤셔댔다. 늘어진 양쪽 볼이 불룩하도록 물을 머금어 도리질을 하고 목을 뒤로 제쳐 갸르륵 거리기를 서너 번 했다. 입맛을 쩝쩝 다신 말자 씨가 다시 칫솔에 치약을 꾹 눌러 짰다. 그리고는 마치 수세미로 검댕이 낀 냄비바닥을 문지르듯 틀니를 문질렀다. 연신 물을 틀어놓고 있는 그녀의 저고리 앞자락은 벌써 흠뻑 젖어버렸다.

물기를 털어낸 틀니를 잇몸에 끼워 넣은 말자 씨는 치맛자락을 말아 올리고 변기에 걸터앉았다. 볼일을 보는 동안 허리춤에 매단 주머니를 더듬었다. 꽃수가 놓인 낡은 복주머니 속에는 가장자리가 푸슬푸슬 일어난 통장과 때 묻은 나무도장이 들어 있었다. 그녀는 손아귀에 뿌듯이 잡히는 그것을 젖가슴께로 끌어당겨 안았다. 앙증맞은 아이를 안기라도 하듯 다시 한 번 손에 힘을 주어 감싸며 만족스런 미소를 흘렸다. 문밖을 나설 때마다 허리춤에 묶고 다니기가 거치적거렸지만 그것을 몸에 지니고 있어야 마음이 놓였다.

　느긋하게 볼일을 마친 말자 씨는 스테인리스 휴지걸이가 타일 벽에 부딪힐 정도로 거칠게 휴지를 뜯어 아래를 닦았다. 허리에 묶인 매듭을 단단히 조이고는 다시 사방으로 물을 튕기며 손을 헹구고 머리에 물을 발라 들뜬 머리를 가라앉혔다. 말자 씨는 흰머리를 거울에 비춰 보며 염색을 해야겠다고 중얼거렸다. 물이 뚝뚝 떨어지는 손을 치맛자락에 문지르며 화장실을 나서던 그녀는 뒤로 몇 번 발을 흔들었다. 어려서부터 발이 유난히 크고 두툼해서 생긴 버릇이었다. 오래 몸에 밴 습관 때문에 발등만 들어가는 커다란 욕실슬리퍼를 벗을 때도 뒷발질을 하기는 마찬가지였다. 화장실 문 앞에서 몇 걸음을 떼던 말자 씨가 갑자기 걸음을 멈췄다. 발바닥 여기저기가 욱신거린다며 앓는 소리를 했다. 굳은살을 깎아낼 때가 된 모양이었다. 방으로 들어가던 말자 씨가 힐끔 부엌 쪽을 돌아보았다.

"아− 가− 오늘은 만사 제쳐놓고 발바닥 좀 봐줘야 쓰것다!"

"……."

말자 씨는 모니카에게 아쉬운 소리를 할 때만 '아가'라고 불렀다. 아쉬운 것 하나 없는 날에는 '야, 모니카야'라고 불렀고 아쉬운 정도가 클 때는 아− 가−라고 길게 불러대곤 했다. 아침 식탁에서의 일도 있고 해서 여느 때보다 더 나긋하게 '아가'를 불렀건만 모니카는 아무런 대답이 없었다. 아쉬운 소리를 두 번이나 하기가 거북했던 말자 씨는 입을 삐쭉거리며 방으로 들어가 쾅 소리가 나게 문을 닫았다.

말자 씨가 방으로 들어가자 모니카는 하던 일을 멈추고 화장실 쪽으로 갔다. 화장실 문 앞에 놓인 깔개 위에는 슬리퍼 한 짝이 올라와 있었다. 말자 씨가 팽개치듯 벗어놓은 슬리퍼였다. 나머지 한 짝은 세면대 밑에 나동그라져 있었다. 슬리퍼 두 짝을 가지런히 맞춰놓고 변기 아래를 둘러보았다. 바닥엔 아무것도 없었다. 대변이나 소변이 묻은 휴지가 눈에 띄지 않는 것만으로도 곤두섰던 신경이 한결 누그러졌다.

말자 씨가 천식 때문에 병원 치료를 받고 있던 봄이었다. 거실에서 청소기를 돌리던 모니카는 화장실을 나와 방으로 걸어가는 말자 씨의 치맛자락 밑으로 무언가가 떨어지는 것을 보았다. 두 손으로 비벼 꼰 것 같이 또르르 말린 휴지는 누렇게 젖어 있었다. 모니카는 무심결에 그것을 집어 들었다. 순간 지린내가 코를 찔렀다. 말자 씨가 소변을 본 다음 아래를 닦은 휴지였다. 삼십 년 가까이 고혈압 약과 비타민제와 영양제를 골고루 챙기는 그녀의 소변은 유난히 색이 노랬다. 볼일을 마치고 변기 속으로 들어가야 할 젖은 휴지는 그렇게 가끔씩 치마 속이나 속옷 틈에 끼어 있다가 식탁 아래에 떨어지기도 했고 말자 씨의 이부자리에 붙어 있기도 했다. 더러 변이 묻어있기도 한 휴지는 말자 씨가 다니는 곳곳에서 불쑥 나타나곤 했다.

말자 씨는 자신의 그런 사정을 전혀 모르고 있었다. 시어머니가 그 사실을 알게 되더라도 상황은 마찬가지일 거라는 생각에 모니카는 일절 내색하지 않았다. 갈비찜을 먹던 날도 그랬다. 모처럼 상에 오른 갈비찜 덕분에 말자 씨는 몹시 흡족해 했다. 양손으로 뼈다귀를 잡고 고기를 뜯던 그녀가 화장실을 다녀온 뒤였다. 설거지를 끝낸 모니카가 화장실 스위치를 누르려는데 손끝이 미끈거렸다. 스위치뿐만이 아니었다. 화장실 문손잡이와 세면대 수도꼭지, 비누에까지 양념된 고기기름이 묻어 있었다. 분명 식탁에서 모니카가 건네준 물휴지로 손을 닦는 것을 보았건만. 말자 씨는 모니카가 쥐어준 휴지로 손을 닦는 시늉만 한 것이었다.

"어머니, 기름 묻은 손을 제대로 닦지도 않고 여기저기 만지시면 어떡해요? 온통 기름이 묻었잖아요."

"그래? 닦는다고 닦았는데도 그러냐? 하이구, 늙으면 죽어야지……. 모니카야, 너도 늙어 봐라. 뭣이 맘대로 되는지!"

눈을 흘기며 말자 씨가 '니까짓게 뭔데 시어미를 가르치려 드느냐'라고 입속으로 중얼거렸다. 말자 씨의 심사가 된통 틀어진 날 홍규가 집에 있었다면 말자 씨의 목소리는 평소보다 몇 배나 커졌을 것이다. '이런 병신, 축신(畜身)이 밥값도 못 하고 어린 며느리 고생만 시키지.' 성난 어머니의 신세한탄을 들은 홍규는 말자 씨 옆에 앉아서 싸늘하게 읊조리곤 했다. 병신, 축신…….

모니카가 세탁기에서 탈수된 옷가지를 꺼낼 때 말자 씨가 밖으로 나가는 기척이 들렸다. 모니카는 잽싸게 쫓아나가 말자 씨의 앞단추를 채워주었다. 시어머니의 허술한 모습을 이웃에 보이기가 민망하기도 했지만 혹시라도 '107호 필리핀 며느리는 시어머니 챙길 줄도 모른다.'고 수군거릴까 봐 여간 신경 쓰이는 게 아니었다. 말자 씨가 외출할 때마다 머리며 옷과 양말에 신발까지 챙기는 것도 모니카의 일과였다. 하지만 아무리 모니카가 옷매무새를 고쳐주어도 경로당에서 집으로 돌아올 때의 말자 씨는 앞단추를 다 풀어헤치고 젖가슴에 부채질을 하며 들어오곤 했다. 얇은 속옷 위로 쳐진 앞가슴이 그대로 내비쳐도 아무렇지도 않은 듯 불룩 나온 배를 내밀고 다니는 것도 예사였다. 손에 든 부채로 앞섶을 탁탁 두드리며 문을 나서던 말자 씨가 뭔가 잊어버린 듯 멈춰서더니 뒤돌아섰다.

"모니카야, 오늘이 무슨 날인지는 안 잊어버렸지?"

"무슨 날 이예요? 어머니?"

모니카는 오늘이 무슨 날인지 알면서도 짐짓 모른 체 했다.

"오늘이 중복 아닌가베, 너는 어떻게, 무슨 때만 되면 까마귀 머리가 되냐? 대한민국 사람 된 게 언젠데 아직 중복도 모르면 쓰것냐? 쯧쯧……"

말자 씨는 아침 식탁에서 한풀 꺾였던 기세를 다시 회복했는지 쥐어박듯 쏘아붙였다. 모니카는 뒷짐을 지고 나가는 말자 씨를 배웅하며 현관문을 잡아당겼다.

초복엔 장맛비가 굵게 내렸다. 복날이라는 것을 생각지도 못한 모니카는 저녁상에 김치찌개와 부추전을 내놓았다. 비가 올 때마다 말자 씨가 찾는 메뉴여서 나름 생각해서 차린 밥상이었다. 그런데 말자 씨는 무슨 영문인지 아주 마뜩잖은 표정이었다. 평소와는 달리 먹을 것을 앞에 놓고 심드렁하니 앉았다가 젓가락으로 이리저리 반찬들만 집적거렸다.

"누구는 아들 며느리가 경치 좋은 데 데리고 나가, 보신도 시켜준다는데 이 집엔 허구헌 날 김치찌개뿐이냐?"

그때서야 모니카는 그날이 초복이라는 것을 떠올렸다. 생일과 제사 같은 중요한 날은 달력에 표시해 두었지만 초복이나 중복은 표시를 따로 해두지 않았다. 그동안은 말자 씨가 하루나 이틀 전에 알려

주었기 때문에 복날을 어기지 않고 챙길 수 있었다. 올 여름엔 어쩌다 보니 말자씨도 모니카도 초복을 깜빡 잊어버린 것이다. 모니카가 죄송하다며 주말에 어디 나가서 맛있는 걸 사먹자고 하자 금세 말자 씨의 안색이 밝아졌다. 그리고는 뜨거운 부추전을 양손으로 훌훌 찢어 들었다. 밥 한 그릇에 부추전 한 접시를 깨끗이 비운 그녀는 기름이 번들거리는 손을 치맛자락에 쓰윽 문지르고는 부채를 들고 베란다로 나갔다.

"초복을 그냥 넘겼으니 올 여름 더위는 또 어떻게 넘길랑가."

한가로운 걸음으로 베란다 이쪽에서 저쪽까지 몇 차례를 오고가는 말자 씨를 내다보는 모니카의 입에서 절로 한숨이 새어 나왔다. 올 여름도 꽤나 더울 모양이라고.

널던 빨래를 내버려둔 채 모니카는 냉장고로 쫓아갔다. 차가운 물을 꺼내 큰 컵에 따르고는 벌컥벌컥 소리를 내며 마셨다. 일부러 소리 나게 물을 마시고 나면 속이 좀 더 시원해지는 것 같았다. 부엌 창으로 말자 씨가 경로당을 향해 걸어가는 게 보였다. 기계실과 놀이터 사이에 나 있는 좁은 길의 한 뼘 남짓한 턱을 오르는 것이 위태롭다. 아침에 발을 다쳐서인지 평소보다 걸음걸이가 더 불편해 보였다. 그러고 보니 유리 파편을 빼낼 때 발바닥 가장자리의 굳은살이 거칠게 손에 잡혔다. 벌써 굳은살을 깎을 때가 된 것이다.

오래된 퇴행성관절염 때문에 무릎을 굽힐 수 없는 말자 씨는 혼자 힘으로 발톱을 깎거나 발바닥의 굳은살을 깎아낼 수가 없었다. 굳은살은 늦어도 보름에 한 번씩은 깎아내야 할 만큼 금방 돋아났다. 시아버지가 살아있을 때만 해도 말자 씨의 굳은살을 깎아주는 것은 그의 몫이었다. 살갑게 구는 데라고는 없는 말자 씨를 못마땅해 하면서도 발바닥 살펴주는 일은 정성이던 시아버지였다. 말자 씨가 대야에 발을 담그고 굳은살을 불리는 동안 시아버지는 숫돌을 꺼내 나무 손잡이가 달린 오래된 면도날을 갈았다. 말자 씨의 굳은살을 깎아주기 위해 따로 마련해 둔 면도칼이었다. 시아버지는 날을 파랗게 세운 다음 말자 씨를 방바닥에 길게 엎드리게 했다. 새끼발가락 가장자리에는 굳은살이 유난히 두터웠다. 발에 잘 맞지도 않는 신발을 억지로 신고 다닌 탓이었다. 돋보기를 낀 시아버지는 말자 씨의 발바닥 가까이에 얼굴을 들이대고 조심스레 굳은살을 깎아냈다. 단단하고 두텁게 박힌 굳은살은 나무껍질같이 옹이가 생겨 쉽게 깎이질 않았다. 얇게 조금씩 깎아내려고 해도 생살을 건드려 피가 배어나올 때도 있었다. 그럴 때마다 말자 씨는 엄살이 아닐까 싶을 만큼 큰 소리로 고함을 질러댔다. '아구, 아야야, 살살 좀 하지, 영감탱이가 발바닥에 아주 난도질을 하는구나! 아이고 나 죽네.'

말자 씨의 면박을 받아가면서도 시아버지는 한 번도 굳은살 깎아주는 것을 마다하지 않았다. 시아버지가 없는 지금은 모니카가 그 일을 해야만 되었다. 모니카는 말자 씨의 발바닥을 만지는 게 싫었다. 홍규가 해주었으면 좋겠지만 그는 바쁘다는 핑계로 늦게 오거나 아예 들어오지 않는 날이 많았다. 어쩌다 홍규가 일찍 들어오는 날이 있어도 말자 씨는 아들 앞에서는 전혀 발바닥 불편한 내색을 하지 않았다. 아들에게는 자신의 험한 발바닥을 내밀고 싶지 않았던 것이다.

모니카는 말자 씨의 발바닥만 생각하면 가슴이 답답해져 왔다. 굳은살을 깎아내야 할 때가 되면 그동안 삭이고 있던 뜨거운 것이 울컥 치밀어 올랐다. 몇 해가 지나도 나아지질 않았다. 그녀는 하루라도 그 일을 더 미뤄 보려고 다른 일거리를 찾아내 말자 씨를 피하기도 했다. 하지만 어떻게 하더라도 피해갈 수 없는 일이었다. 오늘같이 모니카의 눈치를 살펴야 할 만큼 일을 저지른 날은 보란 듯이 불편한 발을 표시 나게 절뚝이며 다니는 말자 씨였다. 그런 시어머니를 바라보는 것이 괴로워서라도 모니카는 결국 굳은살을 깎아줄 수밖에 없었다.

어기적거리며 걸음을 옮기던 말자 씨가 갑자기 주춤거렸다. 작년 겨울에 미끄러졌던 자리라서 그런지 그곳을 지날 때는 유독 조심해서 발을 내디뎠다. 그날은 유난히 춥고 전날 내린 눈 때문에 길도 미끄러워서 경로당에 가는 것을 말렸다. 그런데도 말자 씨는 눈 때문에 사흘이나 밖에 못 나갔더니 갑갑증이 난다며 기어코 집을 나섰다. 다른 날보다 서둘러 나갔던 말자 씨가 얼마 지나지 않아 되돌아왔다. 비탈진 곳에서 미끄러진 것이었다. 다행히도 넘어지면서 옆에 있던 작은 소나무를 붙잡아 뼈를 다치지는 않았다. 대신 나뭇가지에 오른쪽 눈언저리가 심하게 긁혔다. 그 일로 말자 씨는 한동안 침을 맞고 찜질을 해야만 했다. 모니카는 아직도 눈길에서 미끄러져 얼굴이 긁혀 들어온 말자 씨의 모습이 생생하게 떠올랐다. 아침에 곱게 단장하고 나갔던 파마머리가 제멋대로 헝클어져 귀밑의 흰머리가 들쑤셔 놓은 마른 풀숲처럼 그대로 드러나 있었다. 말자 씨는 며칠을 눈 속에서 헤매다가 간신히 집을 찾아온 사람처럼 기진해 있었다. 모니카가 약을 발라주려고 가까이 다가앉자 말자 씨의 입에서는 홍삼캔디 냄새가 났다. 한참이 지나도록 놀란 가슴이 진정되지 않는지 말자 씨는 끙끙거리며 소파에 웅크리고 있었다. 그녀의 굽은 뒷등이 측은했다. 모니카는 담요를 가져다 말자 씨의 어깨를 덮어주었다. 하지만 그 다음 날에도 말자 씨는 경로당에 가는 것을 빠뜨리지 않았다.

창밖으로 말자 씨의 모습이 사라진 뒤에도 모니카는 한참 동안 부엌에 그대로 서 있었다. 창가에 서 있는 플라타너스의 커다란 잎들이 흔들거렸다. 모니카는 그렇게 집안에 아무도 없는 시간, 혼자 창가에 서서 나뭇잎을 바라볼 때가 가장 좋았다. 잎의 생김을 관찰하거나 가지의 굵기를 살펴보는 따위에는 관심이 없었다. 바람에 흔들리는 잎을 보고 있노라면 가슴속에 시원한 물결이 이는 것 같아 숨통이 트였다. 너울대는 잎들을 계속 바라보고 있으면 나뭇잎들은 하나의 거대한 푸른 덩어리로 보였다. 햇빛을 받은 푸른 덩어리는 부드럽게 흐물거리다가 점차 미세하게 부서져 빛 속에 녹아들었다. 푸른빛은 순식간에 창을 뚫고 들어와 그녀의 몸속으로 퍼졌다. 싸아— 하니 온몸으로 퍼지는 푸른빛. 그 순간 그녀는 자신이 살았던 곳, 맹그로브 숲 그늘 속에 들어갔다. 바닷바람이 불어오는 맹그로브 숲에서 보낸 어린 시절이 떠올랐고 수많은 꿈과 환상들이 되살아났다. 꿈을 꾸는 듯했다. 강물이 바다를 만나는 그 곳에서 모니카는 아버지와 함께 배를 타고 있었다. 아버지는 말없이 노를 저으며 어린 모니카를 향해 웃어주었다. 그때 그 순간으로 돌아가고 싶었다. 한없이 그리운 맹그로브…… 부엌 창가에 서 있는 굵고 키 큰 플라타너스는 바다와 강이 만나는 경계에서 그녀를 지켜주던 고향의 맹그로브 같았다.

널다 만 젖은 옷가지가 벌써 반쯤 말라 있었다. 모니카는 빨래를 마저 널고 나서 청소기를 들고 말자 씨의 방으로 들어갔다. 언제나 그렇듯이 이부자리는 그대로 깔려 있었다. 요와 이불을 걷어낸 방바닥엔 흰 머리카락과 찹쌀전병 부스러기가 흩어져 있었다. 말자 씨는 모니카 몰래 사온 찹쌀전병을 문갑 속에 감춰두고 혼자 먹곤 했는데 방바닥에 흘린 부스러기는 보이지가 않는 모양이었다. 문갑과 텔레비전의 먼지를 털어내고 청소기를 돌린 다음 문갑 위에 놓인 시아버지의 사진을 닦았다. 백발에 하얀 모시저고리를 입은 시아버지의 웃음이 환했다.

홍규는 모니카의 부모에게 새 집을 지어주고 세 명의 동생들이 공부할 수 있도록 도와주었다. 대학을 졸업한 바로 밑의 남동생은 취직하자마자 결혼해서 올해 둘째 아이를 낳았다. 둘째 동생 역시 대학을 졸업했고 막내는 내년 여름에 졸업할 예정이다. 모니카의 부모는 모니카가 소개팅에 나가지 않고 한국 남자를 만난 것이 다행이라고 말했다. 그 말은 모니카에게 아무런 위로도 되지 않았지만 모니카 자신도 그렇게 되뇌곤 했다. '나는 소개팅에서 한국 남자를 만난 게 아니야. 어디까지나 홍규 씨가 나한테 반해서 청혼을 한 거라고. 그래서 누구나 그런 것처럼 남편의 부모를 모시고 사는 거지. 누구나 그렇듯이 말이야. 물론 '누구나' 시부모를 모시고 사는 것이 아니라는 것을 모니카도 잘 알았다. 그 누구도 그렇게 살고 싶어 하지 않기 때문에 홍규가 자신에게 청혼한 거라는 것도 잘 알았다. 하지만 모니카는 홍규가 말한 조건 때문에 그와 결혼했다는 사실을 인정하고 싶지가 않았다. 그래서 자꾸만 스스로에게 주문을 걸 듯 그렇게 다짐을 했던 것이다.

모니카가 홍규를 따라 처음 한국에 왔을 때 홍규의 아버지는 일흔일곱, 어머니는 일흔다섯이었다. 시아버지는 새 며느리를 들인지 한달도 안 되어서 손자를 기다렸다. 제 엄마와 살고 있는 두 손녀는 코빼기도 보여주지 않는다고, 손녀들은 아무짝에도 쓸모가 없다고 했다. 모니카는 홍규가 필리핀에 새 집을 사주었으니 얼른 아이를 가져야 한다고 생각했다. 젊고 건강한 그녀는 살림을 익힐 새도 없이 임신을 했다. 시아버지는 손자를 안아보고 죽으면 소원이 없겠다며 자주 모니카에게 말을 걸었다. 아기는 언제쯤 태어나는 거냐?

말자 씨는 모니카가 집에 온 그 다음 날부터 집안일을 모두 떠넘겼다. 부엌일에 진저리가 난다고 했다. 모니카는 시어머니에게 한국 음식 만드는 법을 배우고 싶었지만 말자 씨는 아침을 먹자마자 경로당에 가서 해질 무렵에야 돌아왔다. 입덧이 시작되자 모니카는 물도 삼키지 못할 만큼 심하게 구역질을 하며 노랗게 말라갔다. 쌍꺼풀진 커다란 눈이 움푹 꺼져 들어가고 가느다란 팔목이 부러질 듯 야위었지만 말자 씨는 그런 모니카를 아랑곳하지 않았다. 밥상을 차리는 동안도 몇 번씩이나 구역질을 하며 화장실로 쫓아가는 그녀를 보며 혀를 찰 뿐이었다. 어떤 아이가 나오려는지 참 유별나게도 들어선다고 못마땅해 하기도 했다. 말자 씨는 홀가분하게 넘겼던 살림을 며느리의 입덧 때문에 다시 떠맡게 되지나 않을까 걱정했다. 모니카는 말자 씨가 입덧이 가라앉을 때까지 만이라도 아침저녁 밥상 차리는 것을 도와주길 바랐지만 입 밖에 꺼내지도 못했다. 그런 사정도 모르는 시아버지는 가끔 재래시장에 가서 모가지가 그대로 달린 닭이나 내장을 꺼내지 않은 고등어, 꽁치 따위를 사들고 왔다. 바닷가에서 자란 모니카지만 입덧을 해가며 생선 내장을 다듬는 것은 너무나도 끔찍한 일이었다.

입덧이 가라앉을 무렵 시아버지가 이상한 행동을 보이기 시작했다. 언제나 그랬듯이 홍규가 출근한 뒤 말자 씨가 경로당에 가고 시아버지와 모니카 둘만 집에 남았다. 모니카가 부엌에 있을 동안 시아버지는 무언가 일거리를 찾아 집안 곳곳을 꼼꼼히 살펴보았다. 분리수거할 것들을 찾아 버려주기도 하고 거실 바닥을 닦기도 했다. 어느 날부턴가 시아버지는 조금 전에 청소했던 방을 다시 청소하기 시작했다. 빨아 놓은 걸레를 다시 빨아 널고 또다시 방을 쓸고 닦는 것이었다. 모니카가 조금 전에 닦았는데 또 닦아요? 하고 물었더니 시아버지는 멀뚱하니 그녀를 쳐다보았다. 내가 언제 닦았다고 그러냐? 시아버지의 상태는 급속도로 나빠지기 시작했다. 그 즈음 모니카는 시도 때도 없이 쏟아지는 졸음을 견디느라 힘이 들었다. 그날도 점심상을 치우고 졸음을 참아가며 설거지를 끝낸 모니카는 물기 묻은 손을 닦지도 않고 방으로 들어가 누웠다. 막 잠이 들었는데 거칠게 방문을 두드리는 소리가 들렸다. 모니카가 졸린 눈을 비비며 방문을 열자 두 눈을 부릅뜬 시아버지가 버럭 소리를 질렀다. 늙은 시애비 굶겨 죽일 작정이냐! 모니카는 그날 처음 시아버지의 성난 얼굴을 보았다. 그때부터 시아버지와 둘이 보내야 하는 시간이 무서워졌다. 말자 씨가 집에 있어줬으면 했지만 말자 씨는 모니카의 그런 사정을 아는 체 하지 않았다.

시아버지가 베란다 창고에서 공구함을 꺼낸 날은 모니카가 산부인과 병원에 다녀오던 날이었다. 입덧 때문에 제대로 먹지도 못해 어지럼증까지 심해진 모니카는 걸을 때마다 휘청거렸다. 정기 검진을 하던 의사는 입원이 여의치 않으면 영양제라도 맞으라고 했다. 의사의 말대로 영양제를 맞기로 한 모니카는 그날 아침 설거지를 끝내자마자 병원으로 갔다. 집에 혼자 있는 시아버지가 걱정스러워 주사실에 누워 있는 동안도 마음이 편치 않았다. 모니카는 주사바늘을 빼자마자 서둘러 집으로 향했다. 시아버지의 점심을 차려야 하기 때문이었다. 그녀가 집에 돌아왔을 때 시아버지는 베란다에서 화초들을 보고 있었다. 모니카가 부엌에서 점심 준비를 하는 동안 거실에서 못질하는 소리가 들렸다. 식탁 의자 위에 올라선 시아버지가 거실 벽 한가운데에 대못을 박고 있었다. 못은 왜 박으려는 거예요? 물어봐도 대답이 없었다. 벽에 걸만한 물건도 없는데 도대체 무엇 때문에 못을 박으려는지 알 수가 없었다. 게다가 콘크리트 벽에 드릴로 구멍을 뚫지 않고 못을 박는 일은 쉽지가 않았다. 시아버지는 몇 번이나 망치로 손가락을 찧었지만 못 박기를 멈추지 않았다. 곧 들어갈 것 같던 못은 벽에 흠집만 내고 휘어지기만 할 뿐 좀처럼 박히질 않았다. 걱정스러운 듯 바라보던 모니카가 홍규가 돌아오거든 시키라고 했지만

막무가내였다. 일주일 일정으로 필리핀 출장을 간 홍규는 나흘 뒤에
나 올 터였다. 몇 군데 못 박을 자리를 옮겨가며 망치질을 하던 시아
버지는 기어이 벽에 못 한 개를 박아놓았다. 못은 박혀 있는 게 아니
라 구멍 사이에 헐겁게 끼워져 있어서 손으로 잡아당기면 쑥 뽑혀질
형편이었다. 시아버지는 그 옆에 또다시 못을 박기 시작했다. 그렇게
하얀 벽에 세 개의 못을 박고 나서야 망치를 내려놓았다. 시아버지는
벽에 박힌 못을 바라보며 어린아이처럼 웃었다. 벽에는 빗나간 망치
질이 만들어 놓은 흠집이 심한 종기 자국처럼 군데군데 남아 있었다.
경로당에서 돌아온 말자 씨가 그 모양을 보고 난리가 났다며 기막혀
했다. 난데없이 멀쩡한 벽에 못질은 또 무슨 경우냐고 한바탕을 퍼부
었다. 하지만 그뿐이었다.

다음 날 아침 현관을 나서던 말자 씨는 영감에게 더 이상 못질을
하지 않겠다는 다짐을 받았다고 했다. 하지만 말자 씨가 집을 나서기
무섭게 시아버지는 공구함을 찾아냈다. 곧바로 못과 망치를 꺼내들
더니 거실 유리문 앞에 식탁 의자를 끌어다 놓고 그 위에 올라섰다.
이번엔 나무로 마감된 창틀 위에 못을 박기 시작했다. 모니카가 말려
봤지만 소용이 없었다. 하는 수 없이 시키는 대로 못을 들고 시아버
지의 등 뒤에 서 있어야 했다. 나무에 못을 박는 것은 콘크리트 벽에
박을 때보다 쉬워 보였다. 망치질을 할 때마다 숭숭 못이 들어갔고
그때마다 커다란 유리창이 창창 울렸다. 두 번째 못을 박으려 할 때

였다. 못 끝이 나무에 박히고 나서 한 번 더 망치질을 했을 때 그만 못이 휘어져버렸다. 시아버지는 '에이, 그거 참 못쓰겠다'며 짜증을 냈다. 휘어진 못을 손으로 잡고 당겨보았지만 못은 쉽게 빠지질 않았다. 시아버지는 망치를 돌려 잡고 망치 머리의 홈에 구부러진 못 머리를 걸었다. 용을 쓰며 있는 힘껏 못을 잡아당겼다. 순간 못이 빠지면서 시아버지가 뒤로 휘청거렸다. 엉겁결에 모니카가 시아버지를 붙잡았지만 혼자 힘으로는 중심을 잃은 노인의 무게를 감당할 수가 없었다. 모니카와 시아버지는 함께 뒤로 나동그라지고 말았다. 그날 밤 모니카는 뱃속의 아기를 잃었다. 사흘 뒤 모니카가 퇴원해서 집에 돌아왔을 때 시아버지는 병원에 입원하고 없었다. 그렇게 입원해서 몇 달을 병실에 누워만 있던 시아버지는 유언도 없이 세상을 떠나고 말았다.

장례식을 치르는 동안 말자 씨도 내내 누워만 있었다. 높은 혈압 때문이었다. 문상객들이 돌아가고 난 뒤에는 집안을 이리저리 어슬렁거리며 넋두리를 늘어놓았다. 삼우제를 지내고 뒷정리를 하던 모니카는 온몸이 허물어질 것 같았다. 아무도 없는 곳에서 며칠 밤낮을 죽은 듯 자고 싶었다. 그러나 모니카는 그날 밤도 뜬 눈으로 지새야만 했다. 안압이 높던 말자 씨의 오른쪽 눈 수정체가 갑자기 파열된 것이다. 말자 씨는 곧바로 응급실로 실려 갔다. 다음 날 안구 수술을 해야만 했다. 응급실에서 병실을 배정받고 난 뒤 모니카가 환자복으로 갈아입히려 하자 말자 씨는 놀란 듯 허리춤을 꽉 움켜쥐었다. 복주머니 때문이었다. 노란 수술이 달린 빨간색 복주머니. 그것은 모니카가 지금껏 한 번도 본 적 없는 물건이었다. 말자 씨는 옷을 갈아입고 나서 꽁꽁 묶여있던 주머니의 매듭을 푸느라 애를 먹었다. 모니카가 대신하려고 했지만 손을 내저었다. 말자 씨는 간신히 매듭을 풀고 주머니를 열어 안을 확인하고는 그것을 베개 밑에 쑤셔 넣었다.

"어머니, 뭐 길래 그러세요? 중요한 거면 저한테 맡기세요. 병원에서 잃어버리면 어쩌 시려구요?"

한참을 망설이던 말자 씨는 마지못해 복주머니를 모니카에게 건네주고는 피곤한 듯 눈을 감았다. 코고는 소리가 들리자 모니카는 살그머니 주머니를 풀어보았다. 꼬질꼬질 때 절은 손수건에 돌돌 말린 통장과 도장이 나왔다. 도대체 얼마나 많은 돈이 들어 있길래 저렇게 불안해하는 것일까. 모니카는 잔뜩 긴장하며 통장을 펼쳐보았다. 백만 구천칠백삼십이원. 그녀의 통장에도 그만한 돈은 있었다. 쓴웃음이 나왔다. 모니카는 말자 씨가 누운 침대 발치에 팔을 궤고 엎드렸다. 다음 날, 수술을 끝내고 병실로 돌아온 말자 씨는 마취가 풀리자마자 복주머니부터 찾았다. '수술도 했으니까, 아무래도 내가 차고 있어야 마음이 놓이겠다.'

말자 씨는 열흘 동안 입원해 있다가 퇴원했다. 퇴원 후에도 한 달 가까이 통원치료를 해야 해서 모니카가 그때마다 말자 씨를 데리고 다녀야만 했다. 말자 씨가 치료를 다 끝내고 다시 경로당에 다니기 시작할 무렵 모니카는 심한 탈진 상태에 빠졌다. 어느 집에선가 못질하는 소리만 들려도 온몸이 부르르 떨렸다. 시아버지가 박아놓았던 못은 이미 모두 뽑아버렸지만 못자국은 그대로 남아 있었다. 거실을 지날 때마다 못 자국이 가슴을 눌렀다. 말자 씨는 여전히 해질 무렵이 되어서야 집에 돌아왔고 홍규는 언제나 자정이 지나서 들어왔다. 어느 누구도 모니카에게 관심을 가지지 않았다. 그녀는 아무도 없는 낮 시간을 방에 누워서만 지냈다. 하루하루를 견디는 것은 발이 푹푹 빠지는 아득한 갯벌을 걷는 것과 같았다.

퇴원한 뒤 한쪽 눈의 시력을 잃은 말자 씨는 행동이 더욱 둔해졌고 식탐이 늘었다. 그뿐만이 아니었다. 가끔 한국에 사는 필리핀 친구들이 놀러왔다가 가고 나면 꼭 무슨 물건이 없어졌다고 소란을 떨었다. 어느 날은 옷걸이에 걸어둔 말자 씨의 블라우스가 없어졌다며 그날 놀다간 친구를 의심하는 것이었다. 말자 씨는 모니카에게 당장 가서 블라우스를 찾아오든지 그년을 데려오라고 성화였다. 없어졌다던 말자 씨의 블라우스는 베란다 창틀 위에 걸쳐져 있었다. 화초들을 보러 베란다에 나갔던 말자 씨가 덥다며 벗어놓은 것이었다.

청소를 다 끝내고 나니 점심때가 되었다. 온몸이 끈적거렸다. 서둘러 샤워를 한 다음 냉장고에서 먹다 남은 반찬을 꺼내 간단히 점심을 때우고 사야 할 물건과 반찬거리를 메모했다. 말자 씨가 도착하기 전에 장을 봐놓는 게 좋기도 했지만 삼계탕을 끓이려면 일찌감치 서둘러야 했다. 바깥으로 나오니 숨이 막혔다. 금세 콧등에 땀이 맺히고 옷이 들러붙었다. 아파트 상가 지하슈퍼에는 삼계탕을 끓이기 좋게 찹쌀이며 수삼과 밤, 대추를 잘 저며 넣은 영계가 한 마리씩 깔끔하게 포장되어 있었다. 하지만 자그마한 닭 속에 한 움큼 들어있는 찹쌀만으로는 말자 씨의 식욕을 채우기가 부족했다. 삼계탕 국물로 끓인 죽을 유난히 좋아하는 말자 씨 인지라 죽을 넉넉히 끓여야만 했다. 모니카는 큰 솥에 작은 닭 세 마리와 인삼을 비롯한 몇 가지 재료들을 넣고 가스레인지 불을 켠 다음 찹쌀을 따로 씻어 불렸다. 구수한 냄새가 나기 시작하면서부터 집안은 찜통같이 뜨거워졌다. 배추겉절이를 버무리는 동안 목덜미며 가슴께로 땀이 비 오듯 흘러내렸고 온몸은 불에 덴 듯 화끈거렸다.

닭은 먹기 전에 데우기만 하면 될 정도로 잘 익었다. 닭죽 끓일 준비도 다 해뒀으니 말자 씨가 도착한 다음 죽만 끓이면 되었다. 잠시라도 허리를 펴고 싶었던 모니카는 방에 들어가 선풍기를 켜놓고 길게 누웠다. 위층에서 누가 베란다 청소를 하는지 물소리가 들렸다. 허드렛물이 배수관을 타고 내려가는 소리지만 물소리는 언제 들어도 듣기가 좋았다. 부모와 동생들이 함께 살던 어린 시절의 고향을 떠올렸다. 배를 타고 강가로 나갔던 새벽, 천천히 강을 따라 노를 젓던 아버지와 작은 노가 물살을 가르던 소리……. 강 하구로 가면 맹그로브 숲이 이어졌고 그늘진 숲을 빠져나가면 곧바로 바다였다. 아버지는 바다에서 그물을 던져 고기를 잡았다. 눈을 감고 바다를 그려보던 모니카는 저녁을 먹고 나서 시어머니의 굳은살을 깎아 줘야겠다고 생각했다. 그러다가 깜빡 잠이 들었다. 꿈속에서 그녀는 맹그로브 숲속에 있었다. 그녀의 온몸이 나무뿌리처럼 물을 빨아들이고 있었다. 경쾌한 파도가 찰랑거렸고 바닷물이 시원하게 몸을 식혀 주었다.

얼마나 잤을까. 접시 깨지는 소리에 잠을 깬 모니카는 얼른 부엌으로 쫓아나갔다. 싱크대 수도꼭지에선 물이 세차게 쏟아지고 있었고 말자 씨가 그 아래에 주저앉아 있었다. 두 다리를 쩍 벌리고 앉은 그녀가 깨진 접시조각을 줍고 있었다. 모니카는 재빨리 수도꼭지부터 잠갔다. 개수구에는 닭 뼈가 수북이 쌓여 있었다. 말자 씨가 멋쩍은 듯 웃으며 모니카를 쳐다보았다.

"오 마이 갓! 어머니, 지금 뭐하시는 거예요?"

"너는 어째 맨날 깨지는 그릇만 쓰는 게냐? 쓰탱 그릇이 깨지지도 않고 얼마나 좋은데! 요새 다시 스탱 그릇이 유행이란 것도 모르냐? 넌?"

모니카는 얼른 솥뚜껑을 열어보았다. 닭고기는 한 점도 보이지 않고 노란 기름만 둥둥 떠 있었다. 갑자기 가슴 한복판에서 좁쌀 같은 땀띠가 소름처럼 돋았다. 모니카는 솥뚜껑이 찌그러져라 소리 나게 솥뚜껑을 덮어두고 방으로 들어가 시어머니가 그랬던 것처럼 사납게 방문을 닫았다. 그리고는 철퍼덕 방바닥에 주저앉아 선풍기를 끌어 당겼다. 모니카가 센바람 스위치를 눌러 선풍기 날개 앞에 얼굴을 바짝 들이대고 있을 때였다.

"아— 가—, 모니카야! 밤에 홍규 오거든 먹게 닭 두어 마리 더 사다가 푹 삶아 놔라!"

말자 씨의 우렁찬 목소리가 후텁지근한 집 안을 뒤흔들었다.

가자미와 노란 헬멧

_ 젓가락으로 살을 바르는 아주 짧은 순간에도 나는 몇 번이나 고인 침을 삼켰다. 노릇하게 구워진 가자미 한가운데를 길게 가른 다음 가장자리 지느러미 부분을 발라냈다. 꾸들꾸들하게 말렸다가 기름에 구운 가자미의 하얀 속살은 고소하면서도 달았다. 뼈에서 살을 잘 발라내어 크게 한 입 먹을 때의 뿌듯함이 좋았다. 입안에 든 가자미를 다 삼키기도 전에 또 한 젓가락 집어 입에 넣었다. 내가 부지런히 젓가락질을 하고 있는 동안 현우는 하얀 플라스틱 접시 위에 놓인 삶은 메추리알을 까먹고 있었다. 그 사이 몇 번 젓가락을 들고 가자미를 집긴 했지만 젓가락질이 영 시원찮았다. 그가 건드리는 가자미 살은 들쭉날쭉 찢어지다가 결국에는 잘게 부서지고 말았다. 엉성한 젓가락질 때문인지 가자미도 먹는 둥 마는 둥 하다가 아예 젓가락을 내려놓고 메추리알의 껍질만 까고 있었다. 나는 발라낸 살 한 점을 현우 쪽으로 밀어주었다. 현우는 아무 말 없이 내가 발라준 살을 집어 먹었다. 그렇게 우리는 외딴 바닷가 선술집에

마주 앉아 무연히 구운 가자미를 먹었다. 밖에는 여전히 비가 내리고 있었다.

　순식간에 가자미 두 마리를 깨끗하게 발라 먹고 한 마리가 남았을 때 나는 비어 있는 현우의 잔을 채워 주고 내 술잔을 들었다. 그 순간 갑자기 웃음이 터져 나왔다. 참아볼 겨를도 없이 웃음이 터지는 바람에 입안에 남아 있던 가자미 살들이 순식간에 뿜어져 나와 현우의 얼굴에 붙고 말았다. 그것은 현우의 이마 때문이었다. 술잔을 들이키려던 순간 나는 고개를 들었고 그때 내 눈에 들어온 것이 현우의 이마였기 때문이다. 머리카락이 빠져서 훤한 이마를 가리기 위해 현우는 언제나 얼마 남지 않은 머리카락을 가지런히 빗겨 얌전히 붙이고 있었다. 아침마다 머리카락을 빗어 이마에 고정시키느라 온 힘을 다 쓴다고 했을 만큼 그의 헤어스타일은 정교한 빗질과 정성의 산물로 보였다. 그런데 하필 그날 밤, 바로 그 순간에는 왜 그렇게 제멋대로 엉켜 있었는지 모르겠다. 비를 맞아서였던가 아니면 술집 안이 후텁지근해서였는지. 아무튼 그때 현우의 이마와 뒤엉킨 곱슬머리는 갯바위에 들러붙은 소라고둥을 연상시켰다. 친구의 외모를 두고 그렇게까지 웃어서는 안 된다는 것을 모르는 바 아니지만 주체할 수 없는 웃음이 자꾸 터져 나왔다. 나는 현우에게 미안하다는 말도 못 하고 냉수부터 들이켰다. 현우는 반쯤 눈을 감은 채 닦을 것을 찾았다. 테이블 위에 있던 물휴지는 이미 생선가시를 바를 때 써버려서 얼굴을 닦을 만한 게 없었다. 엉거주춤 자리에서 일어나 닦을 것을 찾던 그는 계산대 옆에 놓인 두루마리 화장지를 뜯어 얼굴을 닦았다. 그리고는 잠시 머뭇하더니 선반 아래에서 무언가를 꺼냈다. 그것은 커다란 헬멧이었다. 노란 바탕에 화려한 불꽃무늬가 그려져 있는 헬멧은 반지르르 윤이 났다. 현우는 손등으로 이마를 한 번 문지르더니 헬멧을 쓰고 출입문 옆에 걸린 거울 앞으로 갔다. 거울 앞에서 앞뒤 모양새를 재보던 그는 아예 턱을 조이는 벨트까지 단단히 묶으며 자리에 앉았다. 이마가 가려진 현우는 나이보다 젊어 보였다. 그래서인지 그는 들어올 때보다 훨씬 기분이 좋아진 것 같았다. 주방 바닥에 쭈그리고 앉아 마늘을 까던 주인 노파는 헬멧을 쓰고 있는 현우에게서 눈을 떼지 않았다. 뭐라고 한마디 할 듯 입술을 쭈뼛거리더니 이내 시선을 거두고 마늘을 계속 깠다.

초인종 소리에 일어난 건 열시쯤이었다. 일찍 눈이 떠졌지만 일이 없는 날이라 이불 속에 마냥 누워 있을 때였다. 연락도 없이 집을 찾아올 사람이 없었다. 경비나 이웃이라면 인터폰을 통해 연락했을 것이다. 물건을 사라거나 좋은 말씀을 들으러 오라는 사람일 거라고 생각했다. 몇 번 벨을 누르다 가겠지 싶어 대꾸조차 하지 않았다. 두세 번 그러다 갈 줄 알았는데 벨소리는 멈추지 않았고 주먹으로 현관문을 두드리기까지 했다. 도대체 누군가 하고 짜증스럽게 문을 열었다.

현우였다. 밤늦게 술을 마시자고 불러내기는 했어도 불쑥 집으로 찾아오기는 처음이었다. 그는 집 안에 들어서자마자 같이 밖으로 나가자고 했다. 평소의 그답지 않았다. 무슨 일인지 의아스러웠지만 나는 잠자코 따라나섰다. 마른 그의 얼굴이 그새 더 야윈 것 같았다. 어딜 가냐고 물어봐도 대답이 없었다.

차는 어느새 동해를 향하고 있었다. 잔뜩 흐린 하늘엔 잿빛 구름이 해파리처럼 뭉글거렸고 차 안에는 한 번도 들어본 적 없는 지루한 피아노곡이 흘렀다. 휴게소에 들러 우동 한 그릇씩을 먹고 다시 차에 올랐다. 설핏 잠이 들었는가 싶었는데 눈을 떠보니 바다가 보였다. 도로 여기저기에 물가자미 축제를 알리는 현수막이 걸려 있었다. 차를 세운 곳은 축산항(丑山港)이었다. 지방마다 특산물 축제를 한다는 것은 알고 있었지만 사과나 포도, 인삼도 아닌 물가자미로 축제를 한다는 게 생경스러웠다. '축산'이라는 낯선 지명 때문에 더욱 그렇게 느껴졌는지도 몰랐다.

항구는 사람들로 북적거렸다. 곳곳에 만국기가 걸려 있고 농악대의 풍물소리가 요란했다. 엿장수는 트로트 메들리에 맞춰 엉덩이를 흔들며 엿가위를 치고 있었다. 엿수레 옆에 놓인 스피커를 지날 때는 고막이 윙윙 거려 손바닥으로 귀를 막아야 했다. 구판장 앞 공터에는 무대가 설치되어 있었다. 행사 안내판에는 가수들의 얼굴이 커다랗게 나온 포스터가 여러 장 붙어 있었는데 전국노래자랑에 자주 나오던 트로트 가수와 젊은 미녀 국악가수였다. 내친 김에 가수들의 공연까지 보고 갔으면 싶었다. 내가 포스터를 들여다보며 일정을 꿰는 사이 현우는 저만치 걸어가고 있었다.

어딜 가나 가자미 천지였다. 그야말로 가자미축제다웠다. 늘어선 횟집 수족관에는 가자미가 넘쳐났다. 우럭이나 돔은 따로 담겨 있었지만 가자미들은 비좁은 수족관 속에 층층이 쌓여 있었다. 맨 밑바닥에 깔린 가자미는 위에 있는 가자미들의 바닥이 되었다. 아래쪽 가자미의 몸통 위에 있는 가자미는 또 다른 가자미들의 바닥이 된 채로 팔랑거리고 있었다. 수족관들을 지나자 건어물전이 펼쳐졌다. 잘 말려진 가자미들이 대소쿠리에 수북이 쌓여 있고 물기가 덜 마른 것들은 철사 줄에 꿰어져 천막 아래 매달려 있었다. 아내가 옆에 있었다면 가자미 말린 것을 보고 좋아했을 것이다.

며칠 전만 해도 나는 아내와 딸을 만난다는 기대에 잔뜩 부풀어 있었다. 아내는 노동절 연휴에 다녀가기로 했다. 석 달 만에 만나는 것이라 더 기다려지고 애가 탔다. 줄곧 아내와 딸을 데리고 어디로 놀러 갈지 궁리하고 있었다. 그런데 어젯밤 갑자기 못 온다는 연락이 왔다. 아이 성적이 안 좋아서 연휴 기간 동안 특별과외를 시킬 거라고 했다. 나는 이제 겨우 열 살인데 좀 뒤처지면 어떠냐고, 남들이 놀 때는 같이 놀아야 한다고 했다. 아내는 내 말이 채 끝나기도 전에 기초가 부실하니 남들이 놀 때 바짝 따라붙어야 할 것 아니냐고 언성을 높였다. 비행기 삯을 아껴서라도 연휴 동안 과외를 더 시킬 거라고 했다. 중국어를 잘 못하니 중국 학교의 공부를 따라가기 힘든 것은 당연했다. 딸은 중국어 과외만 하는 게 아니었다. 학교 수업이 끝나면 한국인이 운영하는 학원에 가서 국어와 영어, 수학을 공부하고 바이올린 레슨도 받았다. 악기 하나 연주하는 것은 기본이라고 유치원 때부터 피아노를 가르치더니 이젠 바이올린이다. 내가 베이징으로 가겠다고 했지만 아내는 그 돈마저 아껴서 부쳐달라고 했다. 그런 아내에게 나는 더 이상 아무 말도 하지 못했다.

내가 아내와 딸 생각을 하는 사이 현우는 작은 어선 앞에 서 있었다. 가자미축제 기간 동안 공짜로 태워 준다는 배였다. 어느새 승선 카드까지 다 써놓고 부르는 데도 나는 까마득히 몰랐다. 물을 무서워하다 보니 배를 타는 것은 질색이었다. 그래도 한 번쯤은 타보고 싶었는데 그게 오늘이 될 줄은 몰랐다.

배가 흔들릴 때마다 난간을 꽉 붙들었다. 속이 메슥거리거나 구토가 생기지는 않았지만 오금이 저리고 식은땀이 났다. 나는 그게 멀미 때문이 아니라는 것을 알았다. 그래도 생각만큼 견디기 힘든 것은 아니었다. 배에서 내린 나는 두 손으로 얼굴을 쓸어내렸다. 배를 타는 동안 온몸의 피가 한꺼번에 흐르기를 멈춘 것 같았다. 나는 괜스레, 바닷바람을 맞아서 그런지 자꾸만 얼굴이 따끔거린다고 했다.

골목 끝에 있는 술집을 발견한 것은 현우였다. 어시장 근처에서 저녁을 먹기로 하고 횟집을 기웃거렸지만 가는 곳마다 사람들이 빼곡했다. 현우는 큰길가에 있는 몇 군데 식당을 더 기웃거리더니 골목 안쪽으로 들어갔다. 가게보다는 살림집이 많은 골목이었다. 안으로 들어갈수록 길이 좁아져 나는 현우의 뒤를 따라 걸었다. 서너 걸음 앞서가던 현우가 걸음을 멈추었다. 간판을 떼어낸 자리에 녹슨 철사와 늘어진 전선 가닥이 엉켜 있는 허름한 가게 앞이었다. 불이 켜져 있었지만 도무지 무엇을 팔 것 같지는 않아 보였다. 미닫이 문 가까이 다가가자 유리에 붙은 누런 종이가 눈에 띄었다. 안에서 새어나오는 흐릿한 불빛에 의지해 겨우 '술집'이라는 글자를 알아볼 수 있었다. 현우가 문을 반쯤 열고 고개를 디밀었다. 하얗게 머리가 센 노파가 엉거주춤 의자에서 몸을 일으키며 방금 가게 문을 열어서 당장 시킬 수 있는 안주가 가자미 구이 하나뿐라고 했다. 나는 현우의 팔을 잡아끌었다. 하지만 현우는 도리어 내 팔을 잡아끌더니 가게 안으로 들어갔다.

작은 테이블 다섯 개가 전부인 술집은 손님이 있었던 흔적도 없이 썰렁하기만 했다. 테이블은 군데군데 일그러져 있고 플라스틱 의자는 빛이 바래 있었다. 오월이라 해도 아침저녁 한기가 있어서 그런지 노파는 두툼한 털스웨터에 목도리까지 두르고 있었다. 그리고 보니 가게 안에는 흔한 가스난로 하나 없었다. 못 자욱이 있기만 할 뿐 메뉴

판조차 붙어 있지 않은 벽에는 누런 얼룩이 번져 있었다. 나는 목소리를 낮춰 아무래도 그냥 다른 데로 가는 게 낫지 않겠냐고 했다. 현우를 생각해서 한 말이었다. 나야 술집이라면 어디든 괜찮았지만 평소에 현우가 드나드는 술집과는 분위기가 너무 달라서 해 본 말이었다. 의외로 그는 조용해서 아주 마음에 든다며 자리를 잡고 앉았다.

  초등학교 동창인 현우를 만나게 된 것은 그의 헤어진 아내 덕분이었다. 한때 나는 그의 아내가 운영하는 발레학원의 승합차를 운전했다. 어쩌다 퇴근길에 학원에 들르는 현우와 마주치곤 했는데 그때만 해도 우리는 간단한 인사만 주고받는 사이였다. 창백한 얼굴에 가늘고 작은 눈매를 가진 그는 차가운 인상이어서 누구라도 먼저 말을 걸기가 쉽지 않았다. 어릴 때도 그랬다. 그가 고등학교에서 학생들을 가르친다고 했을 때 나는 분명 수학과목 일거라고 짐작했다. 내 짐작대로 그는 수학을 가르친다고 했다. 그런 그와 가까워진 것은 작년 겨울부터였다. 현우가 이혼을 한 것이 그 무렵이다. 아직 현우의 이혼 소식을 모르고 있을 때 발레학원이 문을 닫는다는 소식을 들었다. 그렇지 않아도 학원차 운전을 못 하게 됐다고 말하려던 참이어서 나는 속으로 마침 잘 됐다고 생각했다. 내가 승합차 운전을 그만두게 된 것은 몇 년 동안 소원하던 미니버스를 장만했기 때문이었다. 나중에 학원이 문을 닫은 이유가 현우와의 이혼 때문이라는 것을 알게 되었을 때는 미안한 마음이 들었다. 미안한 마음이 드는 사람이 현우인지 발레학원장인지는 분명하지 않았지만 마치 내가 그 둘의 이혼을 잘 된 일이라고 생각해 버린 것처럼 여겨져 마음이 좋지 않았다. 게다가 일찍 결혼한 내겐 초등학교에 입학한 딸이 있는데 현우는 서른다섯 살에 혼자가 된 것이다. 학원이 문을 닫은 뒤로 현우를 만나지 못했다.

승합차를 그만두고 미니버스를 운행하면서 나는 이제야말로 제대로 사는 것 같아 뿌듯했다. 하루하루가 새 차를 받은 날처럼 기분이 좋았다. 버스를 운행한 지 석 달쯤 지났을 때 아내가 중국에 미용실을 내겠다며 딸을 데리고 떠났다. 갑자기 홀아비가 된 나는 주말마다 단체손님을 태우고 장거리 운전을 했다. 평일에는 유치원 통학차량으로 버스를 운행하다가 주말이면 다른 지역에서 치러지는 결혼식에 참석하는 하객들을 태우기도 하고 등산객을 태우기도 했다. 한 번은 고등학교에서 하는 체험학습에 버스를 몰고 간 적이 있는데 거기서 현우를 다시 만났다. 대형버스에는 담임선생과 학생들이 타고 내가 운전하는 미니버스에는 담임을 맡지 않은 교사들이 탔다. 목적지에 도착한 뒤 모두 차에서 내렸는데 한 사람이 내리지 않고 있었다. 현우였다. 나는 차 안을 청소하고 잠깐 눈을 부칠 생각이었는데 우거지상을 하고 앉아 있는 그를 보자 모른 척할 수가 없었다. 그때 이후로 우리는 자주 술자리를 가지고는 했다.

한동안 그와의 술자리는 편치 않았다. 대학 근처에도 못 가본 나는 현우가 부담스러웠다. 나도 모르게 불쑥 '백 선생님'이라고 부를 때도 있었다. 백현우. 그는 학교에서 같은 반, 같은 학년이 아니더라도 이름을 알 만큼 유명한 학생이었다. 공부를 잘 해서 그렇기도 했지만 그의 어머니가 우리들에게 베푸는 호의 때문에 더욱 그랬다. 그의 집은 규모가 큰 두부 공장과 어묵 공장을 하고 있었고 몇 개의 슈퍼마켓도 가지고 있었다. 현우 어머니는 현장학습이나 체육대회 등 학교 행사가 있을 때마다 먹을 것을 푸짐하게 나눠 주었다. 현우와 같은 반이 된 것만으로도 동네에서는 자랑거리가 될 정도였다. 그런 현우에 비해 나의 존재는 미미하기만 했다. 어머니가 학교 앞에서 문구점을 하고 있는 데도 아이들은 내가 문구점 아들이라는 것을 몰랐다. 누군가는 내게 집이 어디냐고 물어보기도 했다. 문구점에 딸린 방과 그 뒤에 있는 손바닥만 쪽방이 우리 집이었는데도 말이다. 그런 처지다 보니 내 쪽에서 먼저 현우에게 연락하는 일은 없었다. 언제나 현우가 나를 불러냈다. 주제에 학교 선생을 술친구로 두는 게 황송하다 싶은 나는 그에게 전화가 걸려오면 무조건 쫓아나가곤 했다.

　현우가 나를 찾는 이유는 아무리 늦게까지 술을 마셔도 일찍 집에 들어오라고 잔소리하는 사람이 없기 때문인 것 같았다. 굳이 한 가지 더 이유를 댄다면 내가 현우의 얘기를 잘 들어주기 때문일 것이다. 서로 생각하는 게 다르다 보니 맞장구를 치며 길게 얘기할 것은 없었다. 그러다 보니 누군가 한 사람이 먼저 얘기를 시작하면 묵묵히

들어줄 수밖에 없는데 대개 말주변이 없는 내가 현우의 말을 들어주는 편이었다. 그는 무슨 얘기든 조리 있게 말을 잘 이어갔고 이것저것 아는 것도 많았다. 한 가지 얘깃거리가 나오면 그와 연관된 이야기가 줄줄이 이어졌다. 내가 얼마 전 호수공원에서 박새를 봤다고 했을 때 현우는 박새의 배 부분에는 검은 색 긴 줄이 꼬리까지 연결돼 있다고 했다. 그러더니 쇠박새, 진박새는 아냐고 물었다. 쇠박새의 목 부분에는 검은 띠가 나비넥타이처럼 나 있고, 진박새의 몸통에는 긴 넥타이를 맨 것 같이 검은 줄이 배의 중간까지만 나 있다고 했다. 호숫가에는 아마 곤줄박이도 있을 거라고 했다. 늘 그런 식이었다. 이야기를 길게 할 줄은 알아도 재미없기는 나와 다를 게 없었다. 가끔 현우가 하는 얘기를 듣고 있기가 지루해서 드문드문 몇 마디 쓸데없는 말을 꺼내보기도 하지만 나는 금세 할 말이 없어졌다.

"상훈아…, 내 머리카락이 좀 더 늦게 빠졌더라면 괜찮았을까? 그랬다면 아내가 나를 떠나지 않았을까?"

현우는 아직도 두 사람이 헤어지게 된 이유가 자신의 대머리 때문이라고 생각하는 모양이었다. 헬멧을 쓰고 나서는 제법 기분이 좋아진 것 같더니 그새 풀이 죽었다. 그는 고개를 떨군 채 젓가락 끝으로 바싹 튀겨진 가자미 꼬리를 꾹꾹 누르고 있었다. 가자미의 지느러미와 꼬리는 모래 알갱이처럼 잘게 부서지고 있었다.

헤어진 지 이 년이 다 되어가는 데도 현우는 가끔씩 발레리나 아내 얘기를 꺼내곤 했다. 아이를 손꼽아 기다리던 현우와 달리 그녀는 아이 낳기를 자꾸만 미뤘다. 발레 때문이라고 했다. 결혼식을 올릴 때만해도 무성하던 그의 머리숱이 조금씩 줄어들기 시작했고 둘의 사이도 틀어지기 시작했다. 현우는 그의 탈모가 진행된 뒤로 두 사람의 사이가 나빠졌다고 했지만 내 생각은 달랐다. 두 사람 사이가 삐걱거리기 시작한 것 때문에 현우의 머리카락이 빠졌을 것 같았다. 어쨌거나 신혼여행을 갔다 온 뒤부터 그랬다면 빨라도 너무 빨랐다. 머리카락이 빠진 것도, 둘의 사이가 나빠진 것도 너무 빨랐다. 결국 두 사람은 결혼 삼 년 만에 헤어졌다. 조금씩 빠지기 시작하던 그의 머리카락이 한꺼번에 와락 빠져버린 것도 그 무렵이었다. 이젠 누구라도 그를 서른일곱 살로 봐주기는 어렵게 되었다.

"내가 봤을 땐 그냥, 애초에 니가 사람을 잘못 택했던 거야. 그 여자는 너랑 퍼즐을 같이 맞출 사람이 아니었던 거라고."

어릴 때부터 퍼즐 맞추기를 좋아한 그는 지금도 저녁때 혼자 앉아 퍼즐을 맞추는 모양이었다. 커다란 책상만한 것은 완성하는 데 며칠이 걸린다고 했다. 바다에서도 그는 퍼즐 얘기를 했다. 멀리 보이는 작은 마을을 바라보며 바다와 항구와 집들이 퍼즐 같다고 했다. 모양과 색이 잘 어울리는 퍼즐 같다고.

현우는 부모님과 같이 여동생의 발레 공연을 보러 갔을 때 아내를 처음 만났다고 했다. 그의 아내는 여동생과 같은 무용학과 학생이었다. 둘은 만난 지 얼마 되지 않아 결혼했고 현우 아내는 곧 발레학원의 원장이 되었다. 현우의 부모가 차려준 것이었다. 현우는 아니라고 할지 몰라도 나는 그의 얘기를 듣고 나서 대번에 알아차렸다. 내가 본 그녀는 현우의 머리카락이 좀 더 늦게 빠졌거나, 아예 빠지지 않았더라도 그와 마주 앉아 오랫동안 퍼즐을 맞출 사람 같지 않았다. 깎아 빚은 듯 코끝이 날렵하던 발레리나와 심한 곱슬머리에 깡마른 현우가 마주 앉아 퍼즐을 맞추는 그림은 도무지 상상이 되지 않았다.

나도 퍼즐을 맞추며 길고 긴 저녁 시간을 보낸 적이 있었다. 딸아이와 함께 맞췄던 퍼즐이 무슨 그림이었는지는 생각나지 않았다. 퇴근길에 놀이방에 들러 딸을 데리고 와서 씻기고 저녁을 먹은 다음 아내를 기다렸다. 혼자 인형놀이를 하는 딸이 안쓰러워 내가 퍼즐을 맞추자고 했다. 어느 날 퍼즐 두 조각을 잃어버렸다고 아이가 울었다. 그러고도 몇 번 더 퍼즐을 맞추었는데 그림이 딱 들어맞지 않는 퍼즐은 다 맞춰도 재미가 없었다. 새로 퍼즐을 살 수도 있었는데 아이가 새 것을 사달라고 하지 않아서 내버려 두었다. 딸아이도 나도 퍼즐 맞추기는 금방 잊어버리고 말았다.

가자미구이를 먹어 보는 건 정말 오랜만이었다. 가자미뿐만 아니라 '생선구이'라는 걸 먹어본 것도 까마득한 일인 것 같았다. 아내와 함께 살 때도 생선구이를 놓고 밥상에 앉은 적이 별로 없었다. 아내는 아침 일찍 아이를 맡기고 미용실에 나가 저녁 늦게야 들어왔다. 제대로 차린 밥상을 받아본 건 어머니와 함께 살던 때 뿐이었다. 아이를 맡기고 일하러 가는 아내에게 반찬투정을 할 수도 없었다. 나는 냉장고에서 마른반찬을 꺼내고 커다란 통에 담긴 국을 덜어 먹어야 했다. 아내는 국을 끓일 때마다 며칠씩 먹을 수 있을 만큼 많은 양을 한꺼번에 끓여 놓곤 했다. 이웃집에서 생선 굽는 냄새가 나던 어느 날 나는 동네 슈퍼에 가서 자반고등어 한 마리를 사왔다. 딸아이와 나는 모처럼 맛있는 저녁을 먹고 누웠는데 아내는 다음 날 입을 옷에 생선 비린내가 배었다고 화를 냈다.

가자미는 잔가시가 없어 먹기가 좋았다. 밥이라도 한 공기 있으면 싶을 만큼 감칠맛이 났다. 어른 손바닥만 한 가자미 세 마리를 다 먹고도 아쉬웠던 나는 얼른 가자미구이를 더 주문했다. 이제는 내가 가자미구이를 먹기 위해 작정하고 이 집을 찾아온 것만 같았다. 노파는 무표정한 얼굴로 가스레인지 불을 켜고 가자미를 굽기 시작했다. 어느새 쌀을 씻어 밥을 했는지 구수한 밥 냄새가 났다. 가자미가 구워질 동안 우리는 김치를 안주 삼아 막걸리 잔을 비웠다.

"이틀 뒤에 차를 처분하기로 했어. 마침, 전에 알던 유치원에서 연락이 왔거든. 차는 모르는 사람한테 파는 게 낫다고 하던데. 그래도 워낙 팔기 아까운 차라서… 빨리 처분하게 됐으니까 잘 된 거지 뭐."

애지중지 하던 버스를 팔기로 결정한 뒤부터는 도무지 살맛이 나질 않았다. 그래도 전에 일했던 공장에서 일할 수 있게 된 게 천만다행이었다. 혹시나 하고 연락해 봤더니 마침 현장에 일손이 부족하다고 했다. 불이 난 공장은 새로 지어졌지만 경기가 예전 같지는 않았다. 이제 와서 다시 가는 게 낯이 서지 않지만 그런 걸 따질 형편이 아니었다.

아내를 만나 결혼할 때 나는 전자부품 공장의 운전기사로 일하고 있었다. 동네 미용실에서 일하던 아내를 소개한 건 어머니였다. 손끝이 야무지고 싹싹한 아내는 어머니가 살아계시는 동안 어머니에게 귀여움 받으며 잘 지냈다. 어머니가 돌아가신 뒤 아내가 잠시 문방구를 맡아서 했지만 미용실에 다니는 것보다 수입이 적어서 재미가 없다고 했다. 학교 근처에 대형 문구점과 팬시점이 들어섰기 때문이었다. 아내는 미용실을 차리고 싶어 했다. 흔쾌히 문방구를 정리하고 미용실을 차려주었더니 솜씨 좋은 아내는 금방 단골손님을 만들었다. 모든 것이 순조로웠고 편안하다고 느낄 무렵 다니던 공장에 불이 났다. 인명피해까지 생긴 큰 화재로 직원들은 당장 일자리를 잃고 말았다. 사장은 사고수습이 끝나는 대로 공장 문을 열 수 있을 거라고 했지만 마냥 손 놓고 기다릴 수만은 없었다. 그래서 시작한 게 학원 승합차 운전이었다. 피아노학원 차량으로 시작해서 유치원 버스까지 가는 데는 오 년이 걸렸다. 둘이서 알뜰히 모은 돈으로 변두리 열여덟 평 아파트를 사고 미니버스를 장만했을 때는 남부러울 게 없었다. 아내가 미용실을 해서 차곡차곡 모은 돈이 없었다면 어림없는 일이었다. 지은 지 오래된 아파트이긴 해도 남들한테 손 벌리지 않고 장만한 내 집에서 세 식구가 살 수 있다는 게 마냥 뿌듯했다. 아내의 미용실은 손님이 늘어 직원을 셋이나 두었다. 아내는 딸에게 머지않아 더 큰 아파트로 옮겨 갈 수 있을 거라고 했다.

멀리 공터에서 귀에 익은 노래 소리가 들려왔다. 운전을 하면서 자주 듣던 트로트 곡이었다. 미니버스 안에는 서른 장이 넘는 시디가 들어 있다. 유치원 아이들이 좋아하는 동요와 애니메이션 주제곡에서부터 트로트에서 클래식까지 다양하다. 차에 타는 사람들의 나이나 취향에 따라 음악을 틀어주는 것이 운전하는 재미 중의 하나였다. 밖에 나가 공연을 보고 싶었지만 현우는 트로트를 좋아하지 않았다. 그렇다고 혼자 내버려두고 공연을 보러 갈 수도 없었다. 노랫소리에 바닷가 마을이 들썩였다. 동네 개들이 한꺼번에 짖어대는 소리와 사람들의 함성 소리가 뒤섞여 한바탕 야단법석이 일어난 것만 같았다.

아내의 연락을 받고 정신없이 쫓아갔던 춘절(春節)의 베이징도 그랬다. 도시는 온통 불꽃놀이에 휩싸여 있었다. 액을 물리치고 복을 기원한다며 터뜨리는 폭죽 소리는 대포 소리 같았다. 브로커만 믿고 베이징으로 갔던 아내는 민박집에서 넋이 나간 채 울고 있었다. 브로커가 사라져 버린 것이다. 귀청이 울리도록 펑펑 터지는 폭죽 소리는 마치 전쟁이라도 일어난 듯했다. 창문을 어지럽게 물들이는 폭죽의 불꽃은 살아있는 화염처럼 혀를 날름거렸다. 하늘을 가득 메운 화약 연기와 밤새도록 이어지는 폭죽 소리 때문에 더 암담하고 참담한 밤이었다.

미용실에 자주 드나들던 손님의 소개로 베이징시 왕징(望京)구 한인타운에 산다는 중국교포를 알게 되었다. 그는 아내의 미용 기술 정도라면 베이징에서 손님을 끌어 모을 거라고 했다. 아내도 아이에게 중국어 공부도 시킬 겸 몇 년 나가서 일해 보고 싶다고 했다. 말을 듣고 보니 생각만큼 어려운 일도 아닌 것 같았다. 멀리 미국 유학은 못 시켜도 중국 유학이야 못 시킬 것도 없었다. 여기 미용실을 뺀 돈으로 베이징에 세를 얻고 은행에서 조금만 대출을 받으면 번듯하게 새로 인테리어를 할 수 있을 것 같았다. 아내는 미용실이 자리 잡을 동안만 도와주면 중국에서 아이 공부도 시키고 목돈을 모아 올 수 있을 거라고 했다.

아내는 중간 소개업자에게 모든 일을 맡겼다. 그를 소개해 준 사람이 동네 사람이었는데 둘은 사촌지간이라고 했다. 그들의 말만 믿었던 게 화근이었다. 그나마 가게 계약금의 전부를 건네주지 않은 것이 천만다행이었다. 아내는 아이를 중국 학교에 입학시키기로 해 놓은 상황이라 그대로 돌아올 수 없다고 했다. 하는 수 없이 아파트를 담보로 대출을 더 받았다. 그렇게 일 년이 지나고 아내의 미용실이 차츰 자리 잡아가는 것 같더니 이번엔 다른 한인 미용실이 우후죽순으로 생겨났다. 매달 베이징의 아파트 월세와 과외비를 보내주고 나면 대출금과 이자를 갚아가는 게 빠듯했다. 아무리 생각해봐도 달리 뾰족한 수가 없었다. 이대로 더 버티다간 한순간에 집이 경매로 넘어갈지도 몰랐다. 버스를 처분해서라도 급한 빚부터 갚는 게 상책이었다.

노파는 심드렁하니 텔레비전을 보고 있었다. 뭐가 마뜩찮은 모양인지 절레절레 고개를 흔들기도 했다. 그러다가 힐끔 현우를 쳐다보았다. 그는 취기가 오르는지 헬멧을 쓴 채 고개를 주억거리고 있었다. 다리를 꼬고 한쪽 팔로 마른 턱을 괴고 앉은 모습이 꼭 노란 부표를 부여잡고 물속에 떠 있는 것만 같았다. 헬멧이 무겁고 답답할 텐데 도무지 벗을 생각을 하지 않았다. 내가 식탐하듯 새로 구운 가자미와 밥을 먹어 치우는 동안 그는 먹는 둥 마는 둥이었다. 무슨 생각을 하고 있는지 내내 젓가락질하는 시늉만 하고 있었다. 나는 그의 잔에 술을 채워주며 눈을 껌뻑였다. 내가 미니버스를 판다는 얘기를 했으면 무슨 말이라도 할 줄 알았는데 대꾸조차 없는 게 서운했다. 도대체 내 얘기를 듣기나 한 것인지…….

"그 사람, 가자미를 무지 좋아했어. 비린내가 안 난다고 말이야. 냉동실엔 온통 가자미뿐이었지. 근데 난 이게 그렇게 싫더라고. 너무 자주 먹어서 그랬나봐. 어느 날엔 그게 미칠 만큼 참을 수가 없는 거야. 그래서 아내 몰래 냉동실에 있던 가자미를 몽땅 내다버렸어. 정말 지긋지긋했거든. 그때부터 아내가 각방을 쓰기 시작했어. 그 땐 왜 그랬는지 모르겠어, 정말!"

내가 정신없이 가자미를 먹어치우는 동안 그는 가자미를 앞에 두고 고해성사를 하고 있었던 모양이다. 가자미를 좋아하지도 않으면서 몇 시간을 달려 가자미축제에 오다니! 나는 갑자기 속이 화끈거리고 목이 탔다. 막걸리 병은 진작 비어 있었고 노파는 다시 냉장고에 기댄 채 졸고 있었다. 나는 노파가 깨지 않게 조심해서 냉장고 문을 열고 막걸리 한 병을 꺼냈다. 조심해서 문을 닫으려는 순간 노파가 갑자기 자리에서 벌떡 일어났다. 선잠을 자다 꿈이라도 꾼 것 같았다. 그 바람에 나는 움찔 놀라 술병을 떨어뜨릴 뻔했다. 잠시 멍하니 서 있던 노파는 겨우 정신이 드는 모양인지 우리가 앉은 자리에서 빈 접시를 가져가 김치를 더 내왔다.

술기운 때문인지 이제 젓가락질이 제대로 되지 않았다. 뒤집어 놓은 가자미의 반쪽을 집을 때마다 살이 부서졌다. 나는 부스러기 하나하나를 집으려 애를 썼다. 그럴수록 가자미 살은 더 잘게 부서졌다. 미닫이 유리창으로 빗방울 부딪치는 소리가 났다. 봄비 같지 않게 굵은 빗방울이 세차게 내리쳤다. 행사가 모두 끝난 바깥은 잠잠했다. 노파는 문을 열고 처마 밑으로 나갔다. 누군가를 기다리는 듯 어둠에 묻힌 골목 어귀를 한참 내다보았다.

　처음부터 아내를 중국으로 보내는 게 아니었다. 그때는 왜 아내 말만 믿고 아내가 하자는 대로만 했던 것인지 후회스럽기만 했다. 혼자 있게 될 나 자신에 대해서는 생각해 보지도 않았다. 중국이라는 나라가 너무나도 가까워서 그랬을까? 떨어져 지내야 하는 몇 년이라는 시간을 정말 대수롭지 않게 생각했다. 보고 싶으면 언제든지 오갈 수 있을 줄 알았는데 그게 아니었다. 당장 모든 걸 정리하고 들어와라 소리치고 싶었던 적이 한두 번이 아니었지만 나는 아직 단 한 번도 아내에게 그 말을 하지 못했다.

　마음속에 있는 말을 하지 못하는 건 아버지가 돌아가신 뒤부터였다. 내가 중학교에 다니던 여름 아버지는 물에 빠진 사촌 동생을 구하려다 물 밖으로 나오지 못했다. 사촌 동생도 아버지도 그렇게 떠나버렸다. 비가 온 뒤라 물살이 세다는 걸 알면서도 나는 사촌을 불러내어 강가에 갔다. 내가 강에 가자고 하지 않았더라면 그 여름 한낮에는 아무 일도 일어나지 않았을 것이다.

　노파는 멸치와 묵은 김치를 다져 넣고 국물을 만들어 주었다. 뜨끈한 국물이 들어가자 온 몸이 풀어져 나른했다. 국물을 마시다 말고 현우는 헬멧을 벗고 이마를 쓸어 넘겼다. 몇 가닥 남지 않은 머리카락이 땀에 젖어 납작 들러붙었다. 그는 난데없이 모터사이클 동호회에 가입하면 어떻겠냐고 했다. 몸집이 거대한 모터사이클을 감당하기에 그의 몸은 너무 빈약해 보였다. 작고 날렵한 기종이라면 모를까. 그렇다고 김새는 얘기는 하고 싶지 않았다. 헬멧을 쓰니까 젊어 보여서 좋다고, 새로운 취미를 가지는 것도 좋을 거라고 했다. 하지만 그가 몇 천만 원이나 한다는 할리 데이비슨 얘기를 꺼낼 때쯤에는 더 이상 그의 얘기가 귀에 들어오지 않았다. 그때 주방에 있던 노파가 손사래를 저으며 말했다.

"행여나, 오토바이 탈 생각은 꿈에도 하지 마시우. 우리 아들도 퀵인가 그거 하다가 세상 떠났구만. 근데 하나뿐인 손자가 또 오토바이 타고 그 지랄을 하길래, 고걸 뺏어다 놓은 거라. 이놈은 또 어딜 싸돌아 댕기능가 오지도 않어. 같이 장사 좀 하자니까, 어디로 내빼 부리고 오도 않네. 비도 오는데 오토바이 모자도 안 쓰고 어델 갔쓸꼬."

노파의 얘길 들은 현우는 겸연쩍은 듯 헬멧을 벗어 제자리에 두었다. 사정도 모르고 남의 헬멧을 쓰고 좋아했던 게 민망하기도 했는지 의자를 바짝 끌어당겨 앉더니 무슨 결심이라도 단단히 한 것 마냥 젓가락을 들었다. 먹다 남은 가자미를 뜯어보려 했지만 식어버린 가자미는 딱딱하게 굳어 버려 뜯기지가 않았다. 노파가 가자미 접시를 가져가더니 식은 가자미를 프라이팬에 데워왔다. 가자미는 이제 진한 갈색으로 변해 있었다. 그다지 입맛이 당기지 않아 보이는 데도 그는 애써 가자미 살을 발랐다. 노파를 생각해서인지, 헤어진 아내를 생각해서 그런 건지 남은 살을 알뜰히도 발랐다.

우리는 국물 한 그릇을 더 마신 다음에야 술집을 나왔다. 비가 잦아든 어두운 골목은 횟집 간판들이 길을 밝히고 있었다. 하얗거나 노랗거나 푸른……. 어서 집으로 가고 싶었다. 하지만 둘 다 너무 취해 버렸다. 비에 젖은 만국기가 불빛에 번들거리며 펄럭거렸다. 빗방울을 뚝뚝 떨구는 만국기 아래를 지나 노파가 일러준 민박집으로 갔다. 폭풍이 몰아치면 순식간에 방안까지 파도가 들이칠 것 같은 바다가 가까운 집이었다. 달랑 이불 한 채만 놓인 좁은 방으로 들어갔다. 방안에선 생선비린내가 나는 것도 같았다. 현우는 자리에 눕자마자 코를 골았다. 그 사이 꿈이라도 꾸는지 입매가 벙그러졌다. 아마도 근사한 헬멧을 쓰고 할리 데이비슨 위에 앉아 있는 모양이었다. 나는 쉽사리 잠이 오지 않았다. 내일이면 미니버스를 넘겨주어야 한다는 생각이 그림자처럼 들러붙어 있었다. 한참 동안 벽에 기대 앉아 있던 나는 현우의 등을 밀어 모로 눕히고 나서 그 옆에 누웠다. 눈을 감자 파도소리가 더 가깝게 들렸다. 바닷물이 어둠을 틈타 마당 안까지 들어온 것만 같았다. 졸음이 오는가 싶을 때 나는 서서히 바다 속으로 가라앉았다. 숨을 쉴 때마다 무언가가 온몸을 쥐어짜는 듯 가슴이 조여 왔지만 아래로 내려갈수록 점점 편안해지는 것을 느꼈다. 나는 드넓은 바다를 마음껏 유영하고 싶었다. 하지만 아무리 몸을 비틀고 버둥거려 봐도 앞으로 나아가지 않았다. 바닥에 납작 엎드린 내겐 지느러미가 없었다.

수국(水菊)의 힘

_ 세상의 모든 수국에 향기가 있다고 믿게 만드는 것은 수국의 화려한 헛꽃 때문이다. 누군가가 수국의 헛꽃에 대해 말해 주지 않는다면 헛꽃은 진짜 꽃이 된다. 깨끗한 하얀색, 맑은 물빛, 연한 분홍이거나 보라, 붉거나 푸른 그 모든 헛꽃의 실체는 꽃받침이다. 꽃받침의 신분이면서 진짜 꽃인 것처럼 피어나 눈길을 사로잡는 헛꽃은 어느덧 향기를 품은 꽃이라는 착각까지 불러일으킨다. 누군가 먼 곳에서 '나무수국'의 향기가 은은하더라고 말한 사실은 입에서 입으로 전해지고 진짜 수국의 향기를 맡아보지 못한 사람들은 세상의 모든 수국이 향기를 지녔다고 믿게 되었다. 향기를 가진 수국은 오직 '나무수국'뿐이지만 '나무수국'과 수국을 구별하지 못하는 사람들에게 그 사실은 중요하지 않다. 헛꽃이거나 참꽃이거나 꽃받침이거나 하는 구분조차도 필요치 않다. 그러므로 헛꽃은 입술을 꼭 다물고 침묵한다. 진실이 모두 드러나도 개의치 않는다. 수국의 헛꽃에는 아무런 혐의가 없기 때문이다. 보고 싶은 것만 보는 사람들

은 생각하고 싶은 대로 생각하기 마련이고 수국의 헛꽃은 언제나 적나라하게, 지극히 사실적으로 피어서 존재했을 뿐이니까.

김은 어디로 간 것일까? 새벽 산책이라도 나간 것일까? 아니면 벌써부터 수국을 찍으러 간 것일까? 메모나 휴대전화 문자도 없다. 어제 저녁 해거름에 도착한 우리는 바닷가 산사(山寺)를 둘러보고 나와 저녁을 먹고 호텔방에 들어와 술잔을 기울였다. 먼저 취해버린 내가 일찍 자버렸으니 김이 어느 정도로 마셨는지는 알 수가 없다. 하지만 뭔가 께름칙한 기분이 남아 있는 걸 보면 내가 또 무슨 말실수를 한 게 분명했다. 입사 동기로 만나 십여 년을 보도국에서 같이 일하는 사이지만 나는 아직도 김에게 자주 말빚을 지곤 했다. 과묵한 김은 처음부터 내 말을 잘 들어주었고 그런 그가 미더웠던 나는 틈만 나면 온갖 잡설과 푸념을 늘어놓곤 했다.

김은 보도사진으로 이름이 꽤 알려진 사진가인데 얼마 전 불쑥 수국 이야기를 꺼냈다. 남쪽 바다의 수국을 카메라에 담고 싶다는 것이었다. 벼르고 벼른 끝에 우리는 딸린 식구 없이 둘이서 서울을 빠져나왔다. 취재를 위해 먼 길을 동행한 적은 수도 없이 많았지만 이렇게 단둘이 여행을 떠나기는 처음이었다. 나무수국 군락지에서 꼬박 이틀을 보내겠다는 것이 김의 계획이었고 나는 그의 운전기사 노릇을 하며 머리를 식힐 참이었다.

어젯밤 우리는 여느 때처럼 그동안 우리가 내보낸 사건들과 인물들에 대해 얘기했다. 술을 마시다보면 언제나 그렇듯이 다 쓰지 못한 사실과 다 게재하지 못한 사진들, 숱한 회의(懷疑)들이 쏟아져 나왔다. 그러다가 수국으로 이야기가 흘러갔다. 김은 보통의 수국에는 향기가 없다고 했다. 수국에 대해 아는 게 없던 나는 처음 그 말을 믿지 않았다. 언젠가 공항 면세점에서 보았던 수국 향기가 나는 향수를 근거로 더욱 그의 말이 말도 안 되는 헛소리라고 했다. 김은 향기가 나는 수국은 오직 나무수국뿐이라고, 그래서 일부러 '나무수국'을 찾아온 거라고 했다. 그 말에 기가 꺾인 나는 문득 향기를 담지 못하는 사진은 진짜 사진이라 할 수 없다며 횡설수설하고 말았다. 나는 김에게 과연 '나무수국의 향기'를 담을 수 있겠냐고 다그치기까지 했다. 그 역시 술기운 때문이었다. 그리고는 김의 사진에 나의 기사 몇 줄이 들어가지 않는다면 그 사진은 아무런 가치가 없다고까지 했다. 그 다음은 기억이 나질 않았다. 하지만 어렴풋한 기억 속에서도 불편한 기색만은 분명하게 되짚어졌다.

요즘 들어 나는 당장 때려치우지 못하는 밥줄에 대한 애증을 자주 김에게 풀곤 했다. 해가 갈수록 기사를 쓰지 않아도 되는 김이 점점 더 부러워졌고 내 기분을 알아주는 사람도 김뿐이어서 그렇기도 했다. 어쨌든 사진은 모든 것을 말해주는데 정작 말이 없어도 되다니 얼마나 멋지냐고, 나는 김, 네가 진짜 부럽다고 한 적도 있었다.

호텔 마당에 있는 연못가에는 실한 줄기를 타고 뻗어 오른 수국들이 이슬을 머금고 있었다. 나는 수국의 둥근 꽃송이에 코를 대보았다. 옅은 풀 냄새와 물 냄새가 났다. 이것은 나무수국이 아니니까 진짜 꽃향기는 아니라는 말이지? 게다가 내가 코를 갖다 댄 것은 꽃이 아니라 꽃받침이란 말이지? 김에게 전화를 걸어봤지만 받지를 않았다.

나는 연못 주위를 서성이며 어젯밤의 말들을 수습해보려 애를 썼다. 그 사이 바닷가를 산책하려는 사람들이 하나둘 호텔을 빠져나갔고 먼저 나갔던 사람들이 돌아와 신발에 묻은 모래를 털며 안으로 들어갔다. 그동안에도 수국은 여전히 입을 다물고 있었다. 헛꽃이거나 참꽃이거나 향기가 있거나 없거나 모두가 견고하게 입을 다물고 있을 뿐이었다.

좀마삭에 대한 참회

_ 손끝에 닿는 이파리가 매끄러웠습니다. 단단하게 여문 잎들 사이를 비집고 나온 어린잎은 촉촉하고 부드러운 게 금방이라도 찢어질 것 같았어요. 저는 엄지와 검지의 손톱 끝을 모아 새로 돋아난 잎자루를 싹둑 잘라 버렸습니다. 어린잎을 줄기에서 떼어내는 것은 햇빛을 많이 받고 도톰하게 자란 이파리를 끊어낼 때보다 시시했어요. 그건 잎이 떨어져나가는 순간의 느낌이 손끝에 제대로 전해지지 않기 때문이에요. 줄기와 단단하게 연결되어 있는 이파리를 끊어버릴 때는 짜릿했습니다. 심하게 체했을 때 할머니께서 바늘 끝으로 엄지손가락의 첫 마디 위를 살짝 찌를 때처럼 짧고도 선명한 전율이 일었어요. 손끝에서부터 심장까지 빠르게 전해지는 짜릿함 뒤에는 서늘한 느낌이 따라왔죠. 곧바로 무거운 쇠공 같은 것이 가슴을 쿵쿵 내리치는 것도 같았어요. 그때는 그것의 정체를 몰랐습니다. 혼자 남았다는 사실에 대한 두려움인지, 버려졌다는 것에 대한 분노인지 아무것도 몰랐어요. 그런 것들에 대해 생각조

차 하지 못했어요. 그저 가슴이 터질 것 같아 견딜 수가 없었죠. 뭐라고 한 마디로 딱 꼬집어 말할 수는 없지만 당장에라도 가슴이 터질 것 같기도 하고 숨을 쉴 수 없을 때도 있었어요. 그러다가 순간 멍해지기도 했죠. 잠을 자고 일어나 밥을 먹고 일을 하러 가는 것은 여느 때와 같았지만 제 마음은 이전과는 완전히 달랐어요. 그녀가 떠났다는 소식을 듣고부터 저는 날마다 좀마삭을 괴롭히기 시작했고 마삭이 완전히 죽어버릴 때까지 그걸 멈출 수가 없었어요. 아마 저를 버린 사람에게 복수하고 싶었던 것도 같아요. 물론 그때는 제 자신이 그렇게 잔인하다는 것도 몰랐어요. 문득 좀마삭의 이파리를 짓이기고 가지를 야멸차게 잘라내는 제 자신이 섬뜩하게 느껴지기도 했지만 그보다 더 견디기 힘든 것이 혼자 남았다는 사실이었거든요. 그때는 정말 제가 왜 그랬는지 모르겠어요.

좀마삭의 이파리를 따낼 때마다 그녀가 떠올랐고 그럴수록 저는 더욱 좀마삭을 괴롭히고 싶어졌어요. 어떤 때는 미친 듯이 소리 내어 울면서 마구 뒹굴고 싶을 만큼 가슴이 아프기도 했죠. 하지만 울지는 않았어요. 더 이상 눈물을 흘렸다가는 제 자신이 완전히 무너져 버릴 것 같았거든요. 그게 무서웠던 거죠. 그리고 솔직히 제가 견뎌내야 하는 가슴의 통증이 너무 깊고 무거워서 '그깟 좀마삭'을 괴롭히는 것쯤은 용서받을 수 있어야 한다고 생각했어요. 그래서 나중에는 도리질을 하면서까지 좀마삭을 괴롭혔습니다. 날마다 조금씩 좀마삭의 잎을 따내고 그 잎을 방바닥에 짓이기는 동안 제 손톱 끝에는 풀물이 들었어요. 그때 저는 알고 있었습니다. 그것이 좀마삭의 핏빛이라는 것을요. 그것까지 몰랐다고 할 수는 없어요.

카페 주인으로부터 그녀가 떠났다는 소식을 들었을 때 저는 뒤돌아서서 눈물을 흘렸습니다. 언젠가 그녀와 이별할 줄은 알았지만 그렇게 갑자기, 한 마디 인사조차 없이 떠나버릴 줄은 몰랐거든요. 그리고 그녀가 떠났다고 해서 제가 눈물까지 흘릴 줄은 더더욱 몰랐어요. 그녀가 제 곁에 없다는 사실을 알게 된 그날부터 좀마삭의 이파리를 따내기 시작했어요. 그녀가 떠났다는 사실보다 저를 더 처참하게 만든 것은 아무런 인사조차 하지 않고 떠났다는 사실입니다. 무엇 때문에 그녀는 저와 이별의 인사조차 나누지 않고 떠나버린 걸까요? 저는 미칠 것만 같았습니다.

화분에 심어진 식물이야 아무렇게나 방치해 두면 저절로 말라 죽어 버렸겠죠. 하지만 저는 좀마삭이 창가에서 혼자 말라 죽어 버리기 전에 제 손으로 어떤 의식을 치르고 싶었습니다. 아주 천천히 이파리 하나하나를 떼어내고 물기 하나 없이 말라버린 줄기와 가지까지도 똑똑 분질러 버리고 싶었어요. 그녀에 대한 분노와 배신감은 제 마음과 의식을 예리한 칼날처럼 벼렸습니다. 아마 화분에 어린 좀마삭이 아니라 천장까지 키가 닿는 커다란 고무나무가 심어져 있었더라도 그랬을 거예요. 그것이 그녀의 흔적이었다면 저는 아주 천천히 고무나무를 말려 죽였을 테고 고무나무의 형체가 완전히 사라질 때까지 날마다 손톱으로 뜯어내거나 이로 물어뜯었을 겁니다. 그녀와 함께했던 기억들이 완전히 지워질 때까지 그렇게 했을 거예요. 그녀가 떠난 뒤부터 제 머리는 생각이 마비되고 마음은 쇳덩이처럼 차갑게 굳어져버린 것 같았어요. 그리고는 오직 좀마삭을 괴롭히는 일에만 골몰했어요, 그때는. 그런데 알 수 없는 일이죠? 그녀를 생각할 때마다 차갑게 굳어 있던 마음이 흉측한 불길처럼 일그러져 활활 타오르는 거예요. 저는 걷잡을 수 없는 화염에 휩싸인 채로 마음을 벼려 서슬을 돋우고 날마다 좀마삭을 괴롭혔어요. 날마다 더 잔인한 마음이 되어 갔던 거죠.

'너는 꼭 내 딸 같구나, 웃는 표정도 그렇고 무얼 먹을 때의 입매도 그렇고. 꼭 내 딸 같아. 너는 그렇지 않니? 내가 이렇게 널 챙겨주니까 내가 꼭 네 엄마 같지?'

그녀가 그렇게 말할 때마다 저는 아무 대답을 못 하고 웃기만 했습니다. 그녀가 제 접시 위에 피자조각을 올려주고 샐러드를 덜어 줄 때 감사하다는 말은 했지만 자기가 제 엄마 같지 않느냐는 그녀의 말에는 어떤 대답도 해줄 수가 없었습니다. 저는 그때까지 단 한 번도 엄마와 같이 피자를 먹어본 적이 없었으니까요. 피자는커녕 물 한 잔도 같이 마신 기억이 없거든요. 저는 그 누구에게도 엄마에 관한 어떤 말도 해줄 수가 없었습니다. 하고 싶지도 않았어요. 생각조차 떠올리고 싶지 않거든요.

예순 살의 그녀는 엄마보다 열두 살이나 더 많은 데도 아직 소녀같이 곱고 명랑했습니다. 제가 아르바이트를 하지 않는 날이면 우리는 같이 여행을 가거나 영화를 봤어요. 대형 마트에 가서 같이 장을 보고 그녀의 집에서 둘이 저녁을 만들어 먹고 한 침대에서 같이 자기도 했습니다. 그녀는 제가 골라주는 옷을 샀고 가끔 제 옷을 사주기도 했어요. 좀마삭 화분도 올봄에 그녀가 사준 것입니다. 빨간 토분에 옮겨 심은 좀마삭을 제 방 창가에 놓아두었는데 그녀의 베란다에도 똑같은 화분이 있었죠. 우리가 나란히 팔짱을 끼고 다닐 때면 모녀지간이냐는 말을 자주 들었는데 그때마다 그녀는 '네, 제 딸이에요. 우리 딸 참 예쁘죠?'라고 했습니다. 처음에는 참 많이 어색했는데 점점 그 말이 듣기 좋았어요. 어떤 때는 그녀가 진짜 제 엄마였으면 좋겠다는 생각이 들기도 했어요. 저를 낳아준 엄마와는 단 한 번도 가져보지 못한 시간들을 그녀는 자꾸 만들어 주는 거예요. 함께 한 기억이라곤 아무것도 없는 엄마보다는 그녀가 몇백 배 아니 몇천 배나 더

애틋할 수밖에요. 그녀가 제게 해주는 말들이 너무나도 다정해서 손을 잡고 걸을 때마다 가슴이 떨리곤 했으니까요.

그녀는 제가 일하는 호숫가 카페의 손님이었습니다. 우리가 가까워진 것은 그녀가 처음 카페에 온 뒤 석 달 정도 지났을 즈음이에요. 그녀를 처음 만났던 그때 저는 생활비를 마련하기 위해 휴학을 하고 카페에서 일하고 있었죠. 장학금을 받아 등록금 걱정은 덜었지만 생활비는 혼자 벌어서 해결해야 하는 형편이었거든요. 벌써 입학 동기들보다 일 년이 뒤쳐져 있는데 또다시 휴학계를 낼 수밖에 없다는 사실이 참담했습니다. 낮에는 카페에서 일하고 저녁에는 과외 아르바이트를 하느라 하루하루가 고단한 저에 비해 그녀의 일상은 느긋하기만 했습니다. 그녀는 아침 산책을 마친 뒤에 카페를 찾아와 책을 읽곤 했어요. 그녀는 제가 카페 아침 청소를 끝내고 한숨 돌릴 즈음 카페에 들어왔는데 그녀의 모닝커피 타임은 언제나 축복으로 가득 차 있는 것 같았습니다. 저는 커피 향기를 음미하는 그녀를 바라보며 제가 알지 못하는 그녀의 모든 일상이 여유롭고 행복할 거라 생각했습니다. 그녀의 아침이 저의 아침보다 몇 배나 더 빛나 보여서 가끔은 창가에 앉은 그녀에게 질투가 나기도 했고 이유도 없이 얄밉기도 했어요. 그녀가 누리는 그 편안함이 정말이지 부러웠습니다. 육십 년이라는 세월을 살아낸 사람이니까 그런 편안함을 누리는 것은 당연한 것이 아닌가 생각하기도 했지만 부러운 것은 사실이었습니다. 저는 날마다 한없이 고단했으니까요. 제가 그녀의 나이만큼 살았을 때 저도 그렇게 평화로운 모닝커피를 마실 수 있을지 생각해 보기도 했어요. 하지만 당장의 현실을 생각하면 도무지 제게는 오지 않을 미래이고 제게는 허락되지 않을 평화가 아닐까 생각됐습니다. 그때 저는 이미 너무 많이 지쳐 있었거든요. 제가 살아내야 할 하루하루가 너무 버거워서 그만 주저앉고 싶을 때였어요.

그녀의 가족은 모두 캘리포니아에 살고 있다고 했습니다. 은퇴한 남편과 결혼한 아들, 딸이 있는데 손자손녀가 모두 넷이라고 했어요. 그녀는 서울에서 혼자 살던 친정어머니의 간병을 위해 왔다가 공기 좋고 살기 좋다는 이 도시로 이사를 왔으며 카페에 드나들기 얼마 전 어머니가 돌아가셨다고 했습니다. 장례를 치르고 어머니의 유품을 정리한 뒤부터 아침 산책을 시작했다더군요. 혼자 있는 시간을 견디기가 힘들다고 했어요. 어머니를 간병하느라 이 도시에서 친구를 사귀지 못한 그녀는 아침마다 호숫가를 산책했고 카페에서 책을 읽으며 시간을 보내곤 했던 것입니다.

호숫가 아파트로 이사 오기 전에 그녀는 강이 내려다보이는 언덕 위의 집에 살았다고 했습니다. 장미정원이 예쁜 집이었는데 여든이 넘은 노모가 장미를 무척 좋아해서 그 집을 산 거라고 했어요. 친정어머니와 오래 떨어져 살았던 그녀는 노모의 얼마 남지 않은 시간을 위해 자기가 할 수 있는 모든 것을 다 해주기로 했대요. 그래서 공기 좋은 전원마을을 찾아 이사를 한 거라고요. 그런데 이사를 하고 보니 하루에 수십 번씩 전투기가 이륙하고 착륙하는 소리가 들리는 것이었습니다. 집에서 멀지 않은 곳에 공군전투기 부대가 있을 줄은 꿈에도 몰랐다고 하더군요.

강 건너 그 동네라면 이 도시에 사는 사람들 모두가 다 아는 곳입니다. 전투기 소음이 너무 심해서 일대 주민들이 소송을 제기했고 소음의 정도에 따라 피해보상을 받았다고 신문에도 크게 났습니다. 오랫동안 해외에 살았던 그녀는 그런 사실을 전혀 몰랐던 거예요. 그저 부동산 공인중개사 여자만 믿고 집을 샀다고 했습니다. 그녀에게 집을 소개해준 공인중개사는 그녀에게 중개수수료를 받자마자 사무실 문을 닫고 자취를 감춰 버렸다고 해요.

그 집에 사는 동안 그녀는 창문을 열어놓을 수가 없었습니다. 아침에 마당에 나와 장미정원을 걷다가도 금세 하늘이 무너질 것 같은 전투기 소리 때문에 도망치듯 집안으로 들어가야만 했다네요. 전투기가 이륙할 때 들리는 소음은 마치 전쟁이 일어난 것처럼 무시무시하거든요. 그 소리의 파동은 하늘과 땅과 물을 모두 뒤흔들었습니다. 저도 그건 잘 알아요. 비행장과 가까운 곳에 있으면 머릿속은 물론 온몸의 살갗과 내장까지 모두 다 덜덜 떨리는 것 같거든요. 그나마

귀가 많이 어두운 그녀의 어머니에게는 비행기 소음이 그다지 문제가 되지 않아 다행이었습니다. 가끔 휠체어에 앉아 거실 창 너머로 장미 정원을 바라보는 것만으로도 어머니는 행복해했으니까요. 하지만 그녀는 전투기 소음을 견딜 수가 없었습니다. 매일 아침 전투기가 이륙할 때마다 이어폰을 귀에 꽂고 음악을 들으며 노래를 불렀다고 해요. 하지만 온몸에 전해지는 진동은 피할 수가 없었어요. 그녀는 얼마 지나지 않아 화병에 불면증까지 생겼습니다. 당장에라도 집을 팔고 떠나고 싶었지만 집을 사겠다고 보러오는 사람조차 없었대요. 게다가 장미정원을 잘 가꾸지 않으면 집이 팔리지 않을까봐 무작정 미국으로 갈 수도 없었죠. 부동산 중개업자에게 집을 팔아달라고 맡기고 가는 것도 미덥지가 않았으니까요. 하는 수 없이 아주 헐값에 집을 세주고 호숫가 근처 아파트로 이사를 온 거죠. 아파트로 이사하고 일년 뒤에 어머니가 세상을 떠났다고 해요. 그녀는 한 번씩 그런 말도 했어요. 아마 장미정원이 예쁜 집에서 좀 더 살았더라면 어머니가 그만큼 더 오래 살았을지도 모른다고요. 하지만 만약 그랬더라면 그 사이 자기가 어떻게 되었을지도 모른다고도 했어요. '소음의 위력이 얼마나 무시무시한지 몰라.' 어쩌다 강 건너 집에 대해 이야기할 때마다 그녀는 분을 삭이지 못해 온몸을 부르르 떨곤 했어요. 그리고는 말했죠. 집이 팔리기만 하면 당장 이 도시를 떠나버릴 거라고요.

'사실, 그 집을 살 때 말이야, 장미정원도 정원이지만 정원에서 내려다보는 강의 물빛에 더 반한 거였어. 마당에서 강을 내려다볼 수 있는 집이 흔한 것도 아닌 데다 넓은 강을 가로지르는 아름다운 다리까지 있는 풍경을 볼 수 있는 집은 더더욱 흔치 않거든. 그래서 처음 그 집을 보러 간 날, 나는 그 집이 나와 우리 엄마를 위해 하늘이 내려준 선물이 아닌가 생각했어. 그 집에서나 동네 안에서는 산 너머에 있는 공군 비행장이 전혀 보이지 않으니까, 누가 알았겠니? 그걸! 그리고 보통 주말에는 전투기 훈련이 없다는 구나. 서울에서 내려와 집을 보러간 날이 마침 주말이었으니 감쪽같이 속았던 거지. 바보같이! 나중에 보니까 그걸 모르고 그쪽 집터를 산 사람들도 여럿 있더라고. 나처럼 이미 지어놓은 집을 산 사람들도 있구. 그래서 하나같이 장미정원을 예쁘게 가꾸고 있었던 거야. 집을 빨리 팔아야 하니까. 세상에나, 전투기와 장미라니! 이렇게 멋진 조합이 어디 있겠니? 그런데 정말 너무 한 거 아니니? 그 어디에도 그곳이 심각한 소음지역이라는 것을 알려주는 현수막이나 표지판이 없다는 거 말이야. 어째서 아무도 내게 그걸 알려주지 않았던 걸까?'

그녀가 장미정원에서 내려다보았다는 그 물빛을 아세요? 그녀가 왜 그 물빛을 좋아했는지, 좋아할 수밖에 없는지 그곳에 가보면 잘 알 수 있어요. 굳이 강을 건너지 않아도 볼 수 있는 그 풍경은 누구라도 반할 만하거든요. 시내 쪽에서 천변을 걸을 때나 천천히 다리를 건너가다 아래를 내려다보면 그 물빛을 제대로 만날 수 있지요. 넓은 두 개의 강줄기가 만나 더 넓은 폭을 이루는 한 지점 위로 다리가 있어요. 다리 한가운데쯤에 서서 강물을 내려다보면 드넓은 강 위에 제 몸이 둥둥 떠 있는 것만 같아요. 푸른색을 띠거나 은색으로 반짝이는 물빛이 온몸을 둘러쌀 때는 마치 제가 허공에서 비늘을 반짝이는 물고기가 된 것도 같아요. 날개가 없어도 날 수 있다는 건 바로 그런 순간이 아닐까요? 강가에 있는 동안 저는 비늘을 반짝이는 물고기가 되기도 하고 하늘을 나는 새가 되기도 했습니다.

그녀를 아직 모를 때, 저는 천변을 걸으며 강 건너에 있는 아름다운 집들을 하염없이 바라본 적이 있어요. 그녀가 살았다는 바로 그 동네 말이에요. 제가 아는 사람들은 단 한 사람도 살지 않는 그 전원주택 단지는 다른 나라의 풍경 같았습니다. 강 이쪽 편에서 바라보는 그곳은 언제나 그림처럼 평화로워 보였어요. 어쩌면 제가 혼자 강가를 걸으며 그곳을 바라보고 있을 때 그녀가 그 집에서 이어폰을 낀 채 소리를 지르고 있었을지도 모르겠군요. 어떤 날 아침에는 수십 대의 전투기가 한꺼번에 비행 훈련을 하는지 하늘에서 굉장한 소리가 울렸고 강물이 몹시 흔들렸는데 혹시 지진이라도 난 것은 아닐까 무서웠던 기억이 나요. 하지만 그때도 저는 그 집들과 비행기 소음에 대해서는 심각하게 생각하지 않았어요. 강 건너 집들이 있는 풍경은 너무나도 아름다웠고, 저는 그곳에 살지 않았으니까요. 전투기가 하늘을 가로지르는 동안 그녀와 노모는 창문을 모두 닫고 비행이 끝나기만 기다렸을 테지요. 창 너머로 시들어가는 장미를 바라보면서 말이에요. 그런데 그때 하늘에서 전투기를 조종하던 조종사들도 그 강의 반짝이는 물빛을 보았을까요? 하늘에서 내려다보면 정말 더 근사할 것 같아요.

그녀와 친해지고 나서부터 저는 강가에 나가지 않았습니다. 굳이 강에 가서 물빛을 바라보지 않아도 날개를 단 것처럼 가볍고 유쾌한 날들이었으니까요. 카페에서 일할 때도 저는 그녀 생각을 했습니다. 그녀는 제 마음을 가득 채우고 있어서 언제나 함께 있는 것 같았어요. 자주 휴학을 하다 보니 친한 친구 하나 없던 저에게 그녀는 친구이자 엄마였습니다. 그녀가 제게 자기가 엄마 같지 않으냐고 물어보았을 때는 아무 대답을 못했지만 그녀와 가까워질수록 저는 그녀가 진짜 엄마였으면 좋겠다는 생각을 수도 없이 했습니다. 그리고 언젠가는 그녀에게 그런 제 마음을 전하고 싶었어요. 당신이 너무 좋다고, 정말 고맙다고 말하고 싶었습니다. 처음부터 언젠가는 그녀가 이도시를 떠날 거라는 것을 알고 있었기 때문에 이별이 두려운 것은 아니었어요. 다만, 그녀가 멀리 떠나기 전에 꼭 말해주고 싶었을 뿐입니다. 그녀가 정말 좋았고 너무나도 고마웠으니까요.

그런데 무엇 때문에 그녀는 제게 한 마디 인사도 없이 떠나버린 것일까요? 장미정원이 있는 집을 팔았으니 이제 떠나야 할 때가 왔다고 말해주었더라면 저는 당신이 그렇게도 소원하던 일이 이루어졌으니 잘 됐다고 같이 기뻐해 주었을 텐데요. 떠나는 그녀에게 이 도시는 그저 잊어버리고 싶은 곳이고 저와 함께 했던 시간은 아무것도 아니었던 걸까요? 그녀에게 집을 팔고 사라진 그 공인중개사처럼 그녀도 그렇게 제게서 감쪽같이 사라져 버리고 싶었던 걸까요?

그녀는 자신에게 집을 소개하고 사라진 공인중개사에게 수없이 전화를 걸어보았다고 했지만 저는 그녀에게 전화를 걸지 않았습니다. 다만 그녀가 제게 사주었던 옷들을 버리고 같이 찍은 사진을 모두 지운 다음 그녀가 만들어준, 아직 냉장고에 남아 있던 밑반찬들을 모조리 음식물 쓰레기통에 버렸습니다. 그리고는 좀마삭 화분을 버리려다가 문득 그것의 이파리를 하나 따보았어요. 줄기에서 떨어져나가는 잎을 느끼는 것은 손끝이었는데 그 작은 줄기와 잎의 분리는 가슴속에 이상한 전류를 일으켰습니다. 손끝으로 작은 이파리 하나를 따낼 때마다 무언가가 가슴을 꾹꾹 찌르는 것 같았어요. 좀마삭의 이파리를 끊어내면서 저는 좀마삭이 말라 죽기 전에 그녀가 먼저 잊혀지기를 바랐습니다. 나중에서야 그건 도저히 불가능한 일이란 걸 알았지만요. 어떤 저주나 학대와도 다를 바 없는 심정으로 날마다 살아 있는 식물의 이파리를 조금씩 끊어내는 것은 지금 생각해도 정말 끔찍한 일이지만 저는 멈출 수가 없었습니다. 자꾸만 그녀가 떠올랐으니까요. 아침마다 카페 문을 열고 들어오며 '굿모닝'이라고 인사하던 모습이, 눈을 감고 슈베르트의 아르페지오 소나타를 들으며 행복에 겨워하던 모습이, 아이스크림을 떠서 제 입에 넣어주던 모습이 어떻게 금방 지워질 수가 있겠어요. 제 머릿결을 쓰다듬어 주던 따스한 그 손길을 어떻게 잊을 수가 있겠어요. 좀마삭을 마주할 때마다 그녀가 미치도록 보고 싶어졌고 그만큼 더 야속해서 자꾸만 눈물이 흘렀습니다.

엄마와 함께한 기억이 하나도 없는 저에게 그녀와 같이 보낸 이 년 여의 시간은 너무나도 강렬했어요. 그렇다고 제가 저를 낳아준 엄마가 어떤 사람인지 전혀 모르는 건 아니에요. 직접 만난 적은 없지만 어디에 살고 있는지는 알거든요. 차라리 엄마가 누구인지 모르는 편이 훨씬 더 좋았을 거라고 생각해요. 하지만 그게 옳은 거라고 확신할 수는 없어요. 옳고 그르고를 떠나 제 마음은 너무 자주 오락가락하거든요. 그래서 제 자신도 저를 믿을 수가 없어요. 어떤 때는 지금에라도 한번 찾아가볼까 싶을 때가 있거든요. 저를 나아준 부모는 같은 대학, 같은 학과 친구였대요. 대학교 2학년 때 둘이 사귀다가 저를 낳았는데 양가에서 결혼을 반대하는 바람에 저는 친할머니 손에서 자랐습니다. 아빠는 제가 태어나자마자 대학을 포기하고 집을 떠나버렸고 어린 저의 엄마는 다른 나라로 유학을 갔다가 돌아와서는 대학교수가 됐어요. 엄마가 저를 보러 오거나 연락을 해온 적은 없어요. 단 한 번도요. 제가 고등학교에 들어가고 나서야 이런 사실을 알았습니다. 할머니가 텔레비전을 보다가 갑자기 한 번도 안하던 욕을 다 하며 밖으로 뛰쳐나가 버렸는데 그때 알았어요. 그날 방송에서 보았던 여교수가 제 엄마라는 사실을요. 드라마에서나 보던 일이 실제 저에게 일어나니까 처음엔 좀 신기했어요. 웃기기도 하고요. 세상에 여교수가 많다는 건 알지만 그중에 제 엄마가 있을 거라고 상상한다는 건 쉬운 일이 아니잖아요? 아빠에 대한 실망은 이미 하고 있었으니까 별로 말할 것은 없어요. 그나마 엄마가 대학교수라니까 다행이라는 생각이 들더군요. 엄마를 닮아서 제가 공부머리는 좀 있나보다 싶었고요. 둘이 사고만 치지 않았더라면 아빠의 인생이 좀 더 잘 풀릴 수 있었을 테고, 그랬다면 제가 아르바이트에 시달리며 사는 일도 없었겠다 싶었어요. 그런데 엄마의 존재를 알고 나니 시간이 지날수록 미움이 생기는 거예요. 정말 독한 인간이잖아요. 자기 자식이 어디에 살고 있는지 알면서도 한 번 찾아보지 않는 사람은 정말 지독한 사람 아닌가요? 하긴, 그래서 제가 좀 독한 것도 같아요. 엄마가 어느 대학에 근무하고 있는지도 알면서 지금까지 한 번 찾아가지 않았으니까요. 만나서 뭐하겠어요. 잃어버린 딸도 아니고 버린 딸인데. 반겨주기나 하겠어요? 왜 나타났냐고, 왜 잘 사는 사람 앞에 나타나서 정신 사납게 하냐고 그러면 어떡해요? 차라리 모르고 살았던 때처럼 그냥 그대로 사는 게 낫다고 생각했어요. 딱 한 번, 고등학교 3학년 때 할머니가 돌아가시고 나서였죠. 그때 엄마를 만나보려고 그 대학교까지 간 적은 있지만 연구실을 찾아가지는 않았어요. 그리고는 생각조차 하지 않으려고 했는데 요즘 자꾸 흔들리고 있어요.

이파리를 모두 잃어버린 좀마삭은 생각보다 빨리 시들어버렸습니다. 뿌리가 너무 작아서 그런가 봐요. 좀마삭이 완전히 말라 죽은 뒤에 저는 알았어요. 슬픔이 씨앗을 뿌리면 알 수 없는 것들이 자란다는 것을요. 아기 손톱 같은 좀마삭의 이파리 하나하나, 가늘고 여린 줄기와 가지들을 손톱으로 끊어내게 했던 그 무서운 힘의 정체가 무엇이었는지 알게 된 것은 시간이 한참 지난 뒤였어요. 그것은 슬픔이 자라서 만든 기괴한 괴물이었습니다. 그런데 그녀는 제가 그토록 슬퍼했다는 사실을 알기나 할까요?

그녀의 아파트 베란다에 있던 좀마삭 화분은 어떻게 되었을까요? 그대로 내버려두고 갔을까요? 아니면 누군가에게 주고 갔을까요? 비행기에 실어갈 수는 없잖아요. 참, 제게 좀마삭 화분을 사주었던 봄에 그녀가 말한 게 생각나네요. 캘리포니아에 있는 그녀의 집 정원에도 좀마삭이 있다고요. 로즈마리와 독일아이리스와 장미도 아주 많다고 했어요. 그녀가 정말 좋아하는 것은 역시 장미와 아이리스라잖아요. 그날 우리가 지나가던 꽃집 문 앞에 좀마삭 화분이 놓여 있어서 좀마삭을 산 거였어요. 만약 그 시각, 그 꽃집 문 앞에 좀마삭 화분이 아니라 독일아이리스나 장미 화분이 나와 있었더라면 그중에 하나를 샀을지도 모르죠. 그런 생각이 든 것은 좀마삭이 죽고 난 뒤 화분을 버릴 때였어요.

그녀가 한국에 있는 동안 그녀의 정원은 그녀의 가족들이 돌봐주었을 테지요. 결혼한 딸이 아이들과 찾아와서 엄마의 정원에서 차를 마시고 공놀이를 했을 거예요. 꽃들을 보면서 한국에서 혼자 지내는 엄마와 영상통화를 하며 정원의 꽃들이 얼마나 예쁘게 피어났는지 보여주곤 했을 테지요. 언젠가 그녀의 휴대전화기에 저장된 그녀의 가족사진을 본 적이 있어요. 꽃들이 만발한 정원에서 그들은 모두 웃고 있었어요. 그들은 물도 주지 않아 시들어 가는 좀마삭과 그 좀마삭의 이파리를 하나씩 따내서 손톱으로 짓이기는 저를 상상조차 하지 못할 거예요. 그건 저의 엄마나 아빠조차도 상상하지 못했을 테죠. 만약 오래전부터 제게도 가족이 있었다면 예상하지 못한 슬픔이나 분노를 맞닥뜨리게 되었을 때는 어떻게 해야 하는지 알려주지 않았을까요? 그랬다면 제가 잔인하게 좀마삭을 괴롭혀서 죽게 만드는 끔찍한 일은 하지 않았을 것 같아요.

저는 동기들보다 삼 년이나 늦게 대학을 졸업했어요. 그리고 아직이 도시에서 일하며 살고 있어요. 그 사이에 결혼을 했는데 남편이 전투기 조종사입니다. 인생이란 참 알 수 없다는 말을 실감하게 되는 게 남편을 만난 일이에요. 그녀가 떠난 뒤에 저는 다시 강가로 산책을 다니기 시작했죠. 그때 그곳에서 남편을 만난 거예요. 어느 주말엔가 강둑길을 걷다가 자전거를 타고 가던 남자와 부딪혔어요. 벌써 눈치 채셨겠지만 그 사람이 바로 제 남편입니다. 그는 제가 그녀를 만나기 훨씬 이전부터 저를 봤다고 했어요. 농담인줄 알았는데 사실이었어요. 그래서 일부러 저에게 부딪힌 거랍니다. 오랜만에 만나서 너무 반가웠다고 그래요. 어릴 때부터 비행기 조종사가 꿈이었던 남편은 공군에 입대해서 지금까지 공군 부대에서 근무하고 있습니다. 전투기를 조종한다는 것은 언제나 전쟁을 염두에 두는 일이지만 일어나지 않을지도 모르는 전쟁 때문에 꿈을 접을 수는 없었다고 해요. 그렇게 말하는 남자가 멋있게 보일 수밖에요. 물론 처음부터 그 사람을 좋아한 건 아니고요. 또 누군가와 이별하게 될까봐 무서웠던 저는 더이상 사람을 사귀고 싶지 않았거든요. 한동안 마음을 열 수가 없었습니다. 남편의 인내심이 저를 살린 거죠. 그 사람을 만나지 못했더라면 저는 지금 진짜 괴물이 되었을지도 몰라요.

우린 요즘도 주말에는 강가를 걷곤 합니다. 아기가 태어나 유치원에 다닐 때쯤엔 같이 블랙이글스의 멋진 시범 비행을 보러 가기로 했어요. 이젠 전투기가 하늘을 가르는 소리가 아무리 가까이에서 들려도 무섭지가 않거든요. 어느 조종사인지는 알 수 없지만 누구라도 하늘에서 멋진 비행을 마치고 무사히 땅에 착륙하게 해달라고 기도할 뿐입니다.

저는 남편을 만나고 나서야 깨달았습니다. 혹시라도 남편과 사귀다가 헤어져야 하는 때가 온다면 어떻게 헤어져야 하는지 생각해 봤거든요. 어떻게 이별하는 게 좋은 건지 말이에요. 그때 알았어요. 아직 이별하는 법을 모르는 사람들은 이별 뒤에 남아있는 사람을 생각하기 보다는 자기가 어떻게 떠날 것인가에 대해 더욱 골몰한다는 것을요. 만약 이별하기 훨씬 전에 진짜 사랑을 알았더라면 좀 더 잘 헤어질 수 있을 거라고 말이죠.

아직도 호숫가를 산책하는 엄마와 딸을 보면 손끝이 저리고 가슴이 저릿해져 옵니다. 그래도 이젠 괜찮아요. 그녀를 이해하니까요. 비행 소음지역의 집을 팔기 위해서는 그녀 자신도 그 중개사와 똑같이 하지 않으면 안 됐던 거예요. 비행소음에 대해 철저하게 침묵해야만 이 도시를 떠나 캘리포니아의 집으로 돌아갈 수 있으니까요. 그래서 괴로웠을 거예요. 아마 그랬을 거라고 생각해요. 결국 자기를 속인 그 공인중개사와 똑같이 할 수밖에 없는 자신이 너무나도 싫었겠죠. 그런 모습을 제게 보이고 싶지 않았을 거예요. 하지만 어쩔 수 없잖아요. 아니, 어쩌면 그녀는 자신이 저지르게 될 일을 미리 괴로워하느라 혼자 남게 될 저의 슬픔 같은 것은 생각할 겨를이 없었는지도 모르죠. 저를 낳아준 엄마도 그렇지 않았을까요?

몇 달 뒤면 저도 엄마가 됩니다. 아기를 생각하면 한없이 설레고 기쁘고 행복해요. 하지만 두렵기도 합니다. 그럴 때마다 저는 제 방 창가에서 죽어간 좀마삭에게 참회의 기도를 해요. 제가 지은 죄를 용서해 달라고요.

그런데 정말 어떻게 해야 하는 건가요? 살아가다가 불쑥 맞닥뜨리게 되는, 거대한 폭풍처럼 사납게 밀려오는 슬픔이나 분노는 어떻게 감당해야 할까요? 작은 꽃잎 하나, 풀잎 하나조차 함부로 대해서는 안 된다는 것을 알면서도 순식간에 무너져 버리잖아요. 도무지 모르겠어요. 그 누구도 가르쳐 주지 않았으니까요.

아, 좀마삭! 이제 와서 무슨 변명의 말을 더 하겠어요? 이건 모두가 변명이에요.

많이 늦었지만 진심으로 용서를 구합니다.

부디, 저의 잘못을 용서해 주세요.

꽃은 꽃답게
나무는 나무답게

너는 너답게
나는 나답게

가끔,
새가 나는 하늘을 볼 수 있는 것만으로도
괜찮은 것 아니니?

고마워.
함께 있어줘서.

2020년 6월. 권효진